MEMORIA DEL OLVIDO

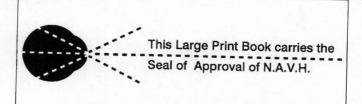

This Large Print Book carries the
Seal of Approval of N.A.V.H.

Memoria del Olvido

BC 62927

Jacqueline Diamond

THORNDIKE PRESS

An imprint of Thomson Gale, a part of The Thomson Corporation

Detroit • New York • San Francisco • New Haven, Conn. • Waterville, Maine • London • Munich

THOMSON

GALE

LIBRARY OF CONGRESS CATALOGING-IN-PUBLICATION DATA

Diamond, Jacqueline, 1949–
  [Stolen bride. Spanish]
  Memoria del olvido / by Jacqueline Diamond.
    p. cm. — (Thorndike Press large print Spanish ; Thorndike Press la impresión grande la española)
  ISBN 0-7862-8979-1 (hardcover : alk. paper) 1. Large type books. I. Title.
PS3554.I24S7618 2006
813'.54—dc22
                                   2006019210

Published in 2006 by arrangement with Harlequin Books S.A.
Publicado en 2006 en cooperación con Harlequin Books S.A.

Printed in the United States on permanent paper.

Impreso en los Estados Unidos en papel permanente.
10 9 8 7 6 5 4 3 2 1

MEMORIA DEL OLVIDO

PERSONAJES

Erin Marshall: Rica heredera de carácter independiente, es víctima de una manipulación, no sabe en quién confiar. . . y está a punto de jugarse toda una vida el día de su boda.

Joseph Lowery: Traumatizado por la mancha de deshonra que cayó sobre su padre, el inspector de policía le ofrece protección a Erin. Pero con ello quizá la esté atrayendo a un peligro mayor.

Chet Dever: Mintió a Erin acerca de sus planes de boda. ¿Habría estado también al volante de la furgoneta que la atropelló?

Lance Bolding: El padrastro de Erin tiene sus propios planes para Marshall Company, la gran empresa que él y Alice, la madre de Erin, heredaron.

Brandy Schorr: La nueva ama de llaves de Lance y de Alice oculta sus propios secretos.

Tina Norris: Amiga de Erin y dama de honor, están en el centro de una maraña de relaciones.

Gene Norris: El hermano de Tina sería capaz de casi cualquier cosa con tal de conseguir sus ambiciones.

Edgar Norris: Como comisario, bloquea la investigación de Joseph sobre el presunto accidente de Alice y es sospechoso de haber culpado a su padre injustamente de asesinato.

Marie Flanders: La tía desaparecida de Erin puede ser víctima de la violencia... o formar parte de ella.

Rick Valdez: ¿Estará el sargento de policía siguiendo su propio juego en todo este asunto?

Stanley Rogers: Contable desde hace décadas en Marshall Company, controla el fondo personal de Erin.

Todd Wilde: Once años atrás, consiguió que no lo acusaran de asesinato. Ahora que ha regresado... ¿qué es lo que pretende?

CAPÍTULO 1

La primera vez que Erin Marshall se fijó en la furgoneta fue un poco antes de las seis de la tarde. No sabía muy bien por qué le llamó la atención, ya que todavía había varios coches aparcados en la zona que rodeaba al carnaval del Fondo de Ayuda a la Infancia, que estaba ayudando a organizar.

No fue únicamente su pintura descascarillada o su parachoques abollado lo que la extrañó. El carnaval de la ciudad de Tustin no sólo había atraído todo tipo de coches y camionetas último modelo, sino también un buen número de antiguallas. Quizá fuera el hecho de que estuviera aparcado a cierta distancia, medio oculto a la sombra de un edificio vacío un sábado como aquél. Y la sospecha de que había alguien sentado al volante, esperando inmóvil mientras pasaban los minutos.

¿Estaría esperando a alguien? ¿Por qué no salía y disfrutaba del sol de aquella tarde de septiembre?

—¿Quiere una chocolatina? —le preguntó una voz infantil, de niña.

Erin apartó la mirada de la furgoneta. Delante del puesto donde había estado repartiendo folletos, una joven voluntaria le ofrecía la única chocolatina que le quedaba en la bandeja.

—Sólo me queda por vender ésta y me iré a casa —le dijo—. ¿Le apetece?

Erin estuvo a punto de responderle que no. A sus veintiséis años, se había convertido en una fanática de la comida sana desde que un ataque cardíaco se llevó a su padre dos años atrás. Pero lo cierto era que se había saltado la comida. Y, al fin y al cabo, sólo era una simple chocolatina...

—Claro —sacó unos billetes arrugados del bolso.

—¡Gracias! —con una sonrisa, la niña se la entregó y se dirigió apresurada hacia el puesto de la caja. Detrás de ella, los obreros empezaban a desmontar las atracciones del carnaval, al final del sendero de asfalto. Un aroma a palomitas y algodón de azúcar impregnaba el aire mientras los vendedores cerraban sus tenderetes.

La gente se marchaba a su casa. Erin podía oír arrancar a los coches en la zona del aparcamiento. Nadie parecía en absoluto interesado en recoger un panfleto sobre las actividades del Fondo de Ayuda a la Infancia.

Después de guardarse la chocolatina para comérsela en otro momento, decidió dar una vuelta por si alguien necesitaba ayuda para cerrar. Como ayudante administrativa de Conrad Promotions, su responsabilidad era velar para que todo funcionara perfectamente. Miró hacia el vacío edificio de oficinas. La furgoneta seguía allí.

Probablemente pertenecería a alguno de los artesanos. En cualquier momento su conductor bajaría de la furgoneta y empezaría a cargar la producción que le había quedado por vender.

Aun así, se sentía inquieta. Instintivamente se tocó el colgante de oro que llevaba al cuello, sobre su camiseta azul del Fondo de Ayuda a la Infancia. No podía decir por qué se lo había puesto aquel día. Aunque a veces lo sacaba del cajón solamente para saborear los preciosos recuerdos que le inspiraba. No podía recordar la última vez que se había puesto aquel colgante con forma de medio corazón. Quizá fuera porque, a partir del día siguiente, no volvería a llevarlo más.

Le recordaba a alguien a quien había amado una vez, alguien que probablemente se habría deshecho de la otra mitad de aquel corazón, años atrás. Le habría gustado que ese pensamiento no la molestase tanto. De repente una vendedora sacudió una tela en el sendero, sobresaltándola.

—¡Lo siento! No la había visto —se disculpó una mujer. Ya había guardado los ositos de peluche que no había vendido en una caja, debajo de su mesa.

—Espero que las ventas hayan ido bien...

—¡Fantásticas!

Era una buena noticia, ya que el Fondo recibía un porcentaje de cada artículo vendido. Estaba a punto de mirar otra vez hacia la furgoneta cuando un crío de unos cuatro años se le acercó. Detrás iba su madre, algo rezagada, empujando con gesto cansino un carrito de bebé.

—¡Hey! —lo detuvo Erin—. Espera a tu mamá.

El niño se plantó frente a ella.

—¡Quiero irme a casa!

—¿Piensas conducir el coche tú solo?

—¿Puedo? —inquirió, esperanzado.

—Desde luego que no. Supongo que por eso será mejor que esperes a tu madre.

Eso a Erin le parecía bastante lógico, pero el crío se negaba a aceptarlo.

—¡Tengo hambre! —sollozó, poniéndose colorado.

—Estoy segura de que tu mamá te dará de comer cuanto antes...

La madre llegó a tiempo de intervenir en la conversación:

—Comimos hace una hora, pero estaba demasiado nervioso para terminarse su sándwich. Le prometí que le compraría una chocolatina, pero parece que se han acabado...

El estómago de Erin protestó cuando pensó en la chocolatina que llevaba en el bolso. A pesar de su devoción por la comida sana, o quizá precisamente por ello, se le estaba haciendo la boca agua. Pero el pequeño seguía quejándose.

—Tome —sacó la chocolatina y se la entregó a la mujer—. Cortesía de Conrad Promotions.

—¡Qué amable! Se la pagaré, por supuesto.

—No hace falta. Corre a cuenta de la casa.

—¿Está segura? —al ver que Erin asentía con la cabeza, exclamó—: ¡Qué maravilla! Muchas gracias —partió en dos la chocolatina y le dio la mitad a su hijo.

El aroma del chocolate arrancó otra protesta a su estómago. Esperaba que nadie la hubiera oído en medio de aquel barullo, con los obreros desmantelando las atracciones.

—Que pase una buena tarde.

—¡Y usted también!

Después que la familia se hubo marchado, Erin ya no pudo encontrar un solo puesto de comida abierto. Ya comería un yogur algo más tarde, en su apartamento...

—¡Erin! —Bea Conrad la saludó desde el puesto de caja. La propietaria de Conrad Promotions tenía un rostro simpático y el pelo castaño y sedoso, de color miel. De unos treinta y tantos años, la camiseta y los pantalones que llevaba, en lugar de sus habituales trajes, le daban un aspecto mucho más joven.

Erin se acercó a ella.

—¿Necesitas algo?

—La verdad es que sí. Tengo un favor que pedirte —dijo Bea.

—Suéltalo —demasiado tarde se le ocurrió que podía quedarse allí sin cenar, comprometida con algún asunto. Bueno, sobreviviría. Quizá.

—¿Sabes? Eres una trabajadora modelo. No pienso perderte —de repente sacudió la cabeza, como disculpándose—. No me hagas caso. Chet es un buen partido. ¿Cuándo le darás una respuesta?

—Bajará mañana —Erin sintió el inexplicable impulso de tocarse otra vez el colgante en forma de corazón. No tenía ganas de hablar de Chet—. ¿Qué tal han ido esos ingresos de caja?

—Mejor incluso que el año pasado. Todavía no tengo la cifra definitiva, pero supongo que los beneficios rondarán los quince mil dólares. Y eso sin contar a nuestro misterioso

14

benefactor. ¡No puedo creerlo! Alguien consiguió volver a colar un cheque por una cantidad enorme en la hucha de las donaciones de este año...

—¿Cuánto ha sido esta vez?

—Veinte mil dólares —respondió Bea—. Y otra vez ha resultado que es de la Fundación Amigo de un Amigo. Me sorprende que no hayas oído hablar de ella. Quiero decir que... tú eres de Sundown Valley, y la Fundación está establecida precisamente allí. Pero supongo que ya no estás muy al tanto de lo que pasa en tu pueblo...

Erin se encogió de hombros y no dijo nada. De hecho, estaba suscrita al *Sundown Sentinel* y mantenía un contacto constante con su población natal.

—No sé por qué esa gente es tan misteriosa... —Bea había telefoneado el año anterior y sólo había logrado enterarse de que la Fundación Amigo de un Amigo hacía donaciones por medio de patrocinadores anónimos—. Bueno, a caballo regalado no le mires el diente, ¿verdad?

—¿Cuál era ese favor que ibas a pedirme?

—¡Oh! Gracias por recordármelo. Sé que ya has ido dos veces al banco, yo iba a hacer ahora mismo el último viaje. Pero la niñera acaba de llamarme para decirme que Kiki ha agarrado una rabieta —Kiki era su hija de dos años—. ¿Te importaría hacer el ingreso por mí?

—No hay problema —Erin ignoró una punzada de aprensión al pensar en la camioneta. Tustin era una ciudad segura y todavía era de día, aunque no tardaría en ponerse el sol.

Bea le entregó la caja de caudales. Erin pensó que resultaba ridículamente llamativa, como un reclamo. Pero si alguien se la robaba, ya recibirían otro cheque anónimo para compensarles...

No le había resultado fácil guardar su secreto durante los tres años que llevaba trabajando para Conrad Promotions, pensó Erin mientras Bea se volvía para hablar con un vendedor. Era una suerte que apenas nadie en el condado de Orange conociera a su familia. En Sundown Valley, en cambio, todo el mundo conocía Marshall Company. La empresa de administración y desarrollo local lo poseía todo: desde el centro comercial de la localidad hasta la clínica. Hacía dos años que Erin había heredado la mitad de sus acciones.

No despreciaba la riqueza, pero también sabía que tenía sus inconvenientes. Si su madre, Alice, no hubiera sido rica, su padrastro, Lance Bolding... ¿habría aparecido repentinamente de la nada durante un crucero del año anterior para seducir y convencer a la

16

afligida viuda de que se casara con él? Y si no se hubiera casado, ¿habría conseguido entrometerse tanto en la relación entre madre e hija? Erin se preocupó muchísimo cuatro meses atrás, cuando su madre estuvo a punto de ahogarse en el lago cercano a la nueva casa que Lance le había convencido de que se compraran. Aunque la policía lo había considerado un simple accidente, temía seriamente por su vida.

Pero Alice se había negado a dejarla intervenir. De hecho, habían tenido una discusión por teléfono justo después del accidente. Desde entonces su madre se había negado a permitirle que la visitara. Lance había conseguido aislarla casi completamente de todo el mundo... excepto de Chet Dever. Como director ejecutivo de Marshall Company había sido la mano derecha de su padre y, desde que Alice presidía el consejo de administración de la compañía, la asesoraba con frecuencia en asuntos financieros. Durante aquellos últimos meses Chet había mantenido informada a Erin de la situación de su madre.

Y había empezado a cortejarla. Muchos años antes habían salido alguna vez juntos, de adolescentes. El pasado fin de semana le había pedido que se casara con él. Tras dedicar una semana entera a pensárselo, había decidido darle una respuesta afirmativa justo al día siguiente. Chet era guapo, inteligente, amable. Erin admiraba sus ambiciosos objetivos como futuro candidato a congresista para las elecciones de la próxima primavera. Y era uno de los pocos hombres que conocía para los que su dinero no era ni un obstáculo ni un factor fundamental de atracción. Se tocó de nuevo el colgante. El chico que se lo había regalado durante sus tiempos de estudiante en el instituto había sido su primer amor, pero era absurdo comparar a Chet con alguien a quien no había visto en diez años. Y al que probablemente nunca volvería a ver. Durante su dolorosa ruptura, Joseph le había dejado muy claro que no quería volver a tener nada que ver con ella.

Aún así, el contacto de aquel corazón de oro le proporcionaba una sensación de conexión, de seguridad. ¿Por qué estaba pensando en él en aquel preciso momento? ¿Y por qué se había puesto ese colgante precisamente ese día? De repente supo la respuesta, aunque no había querido reconocerlo. Porque le recordaba a alguien con quien había sentido cosas que nunca podría llegar a sentir con Chet: un entusiasmo íntimo, visceral. Una pasión espontánea, impulsiva.

Hasta que otro hombre le suscitara de nuevo esos sentimientos, casarse carecía de sentido.

—¿Es por algo que he dicho yo? —le preguntó Bea—. Te has quedado pensativa.

—Lo siento.

—Desde luego no es por la responsabilidad de llevar tanto dinero encima, porque ayer ingresaste más —observó su jefa.

—Es por lo de Chet —le espetó—. Es un error.

—¿Qué es lo que es un error?

—Iba a decirle que sí. Pero no puedo casarme con él —soltó un profundo suspiro, sorprendida ella misma de la inmensidad de su alivio.

—El matrimonio es un gran paso, pero yo creía que te gustaba de verdad —repuso Bea—. A mi marido y a mí nos causó muy buena impresión.

Chet se los había llevado un día a comer a un restaurante francés.

—Sí me gusta… Pero no lo amo —«y si no lo amo ahora, nunca lo amaré», añadió para sus adentros.

Se dio cuenta de que, durante todo ese tiempo, había estado esperando a enamorarse de él. Su vida habría sido tan sencilla si hubiera podido enamorarse de Chet… Su madre lo habría aprobado, y eso habría facilitado su reconciliación. A Erin le gustaba el objetivo que se había trazado en su vida, sus ansias de mejorar el mundo. Un objetivo que habrían podido compartir.

¿Por qué había llegado a pensar que todas esas razones habrían sido suficientes para casarse? Sobre todo cuando lo que tenía que hacer era conocerse a sí misma y marcarse un objetivo en la vida. Aunque entrar a trabajar para Conrad Promotions era un comienzo, no bastaba con eso.

—Tú eres la única que puede tomar una decisión así —le dijo Bea—. Estoy segura de que te lo habrás pensado mucho.

—La verdad es que no, porque en ese caso me habría dado cuenta antes. Quizá debería llamarlo y ahorrarle el viaje —se recordó que Sundown Valley estaba a más de ochenta kilómetros de allí.

—Yo creo que ese tipo de noticias es mejor darlas personalmente...

Erin suspiró.

—Tienes razón. Será mejor que vayas a asegurarte de que Kiki está bien...

—Nos veremos el lunes —Bea empezó a recoger sus cosas—. ¡Y gracias otra vez!

Erin se dirigió hacia su coche. Esperaba que el encuentro del día siguiente no fuera demasiado embarazoso... Conocía a Chet lo suficiente para saber que no aceptaría su negativa sin intentar antes hacerla cambiar de idea.

Mientras pasaba por debajo de la cuerda

que rodeaba la zona del carnaval, advirtió que el sol se estaba poniendo rápidamente. Y que el aparcamiento estaba desierto, aislado en medio de aquel inmenso parque industrial. A un lado, oyó arrancar un motor. Con su preocupación por Chet, se había olvidado de la furgoneta. Se quedó paralizada al ver que se alejaba del edificio vacío para dirigirse lentamente hacia ella.

Apretó con fuerza la caja de caudales. ¿Debía de echar a correr o simplemente se trataba de una paranoia? Estaba algo lejos de su coche. Sus piernas, cansadas después de todo un día de pie, se resintieron cuando aligeró el paso.

Se dijo que tenía que haberse imaginado aquella amenaza. Aunque la gente no andaba muy lejos, entre los pocos tenderos que quedaban y los obreros que estaban desarmando las atracciones, nadie parecía prestarle atención. La furgoneta aceleró.

Erin cambió de dirección, hacia la zona del carnaval. Y la furgoneta giró también hacia ella. No, no había imaginado la amenaza...

—¡Hey! —gritó hacia los obreros. Nadie alzó la mirada.

Pensó que no merecía la pena morir por unos pocos miles de dólares. Al menos esperaba que el conductor de aquella furgoneta fuera un ladrón y no un loco asesino. A regañadientes, dejó la caja en el suelo y empezó a correr.

Pero el conductor optó por seguirla. O no había visto la caja o no la quería. Erin experimentó una sensación de incredulidad mezclada de pánico. Aquello no podía estar sucediendo. Era demasiado absurdo. Y aterrador.

Pasó por debajo de las cuerdas y entró en la zona del carnaval, a toda carrera. Con los puestos vacíos, la sensación de soledad resultaba todavía más sobrecogedora. La furgoneta rompió las cuerdas. Le ardían los pulmones. Aquello era como una pesadilla, pero no estaba dispuesta a rendirse fácilmente. No tenía tiempo para llamar a nadie por el móvil, ni para otra cosa que no fuera correr por aquel sendero de asfalto que parecía prolongarse hacia el infinito.

Por muy increíble que resultara, los obreros seguían sin darse cuenta de lo que estaba pasando. Miró hacia atrás. Una sombra oscurecía el parabrisas, ocultando el rostro del conductor. Hasta que la sombra desapareció.

Vio quién era. Y no podía creerlo. No era un asalto al azar. Y tampoco un robo...

La furgoneta se dispuso a embestirla. Desesperada, Erin saltó a un lado. Demasiado tarde. El vehículo la alcanzó en la cadera, levantándola en el aire y lanzándola contra unos arbustos. El tiempo pareció detenerse poco a poco, como en una película de cámara lenta. Las ramas le arañaban los brazos. Reconoció el perfume de un jazmín.

Como si viniera de muy lejos, oyó gritar a uno de los obreros. Al fin la habían visto.

Tenía que sobrevivir. Tenía que decirle a alguien lo que había visto. El peligro era enorme, no sólo para ella sino para su madre. Hasta que cayó al suelo y todo quedó a oscuras.

Capítulo 2

—¡Eres la novia más guapa del mundo! —
exclamó Tina Norris, una de sus damas de
honor, mientras se miraban en el espejo de
cuerpo entero.

—Gracias, y tú estás preciosa con ese tono
verde —repuso Erin.

—Supongo que somos un par de mujeres
fatales —sonrió su amiga.

Erin tenía que admitir que el vestido de novia de su madre, de un precioso color marfil
y reliquia sagrada de la familia, le sentaba a
la perfección. En el cuello lucía una gargantilla de diamantes, con una diadema a juego
que adornaba su cabello castaño, peinado
con una trenza francesa. Estaba muy pálida
pero parecía una novia de verdad, auténtica,
feliz. Y sin embargo se sentía como una extraña.

De repente empezó a sonar un zumbido
dentro de su cabeza, y la suite del club de
campo de Sundown Valley empezó a girar a

su alrededor. Faltando poco menos de una hora para la ceremonia, no quería para nada ponerse enferma... Durante el mes y medio transcurrido desde su accidente, la memoria se le había quedado completamente en blanco. No recordaba nada anterior a aquel día. También había padecido ansiedad y pesadillas, trastornos que el médico había atribuido al estrés postraumático.

Se presionó las sienes. El mareo estaba cediendo.

—¿Quieres sentarte? —le preguntó Tina—. No tienes buena cara.

—Sólo son los nervios.

Deseó que la boda hubiera podido esperar hasta que se encontrara algo más fuerte, pero para el mes siguiente Chet estaría inmerso en la vorágine de la campaña electoral. Incluso en aquel momento, sólo tenía tiempo para una corta luna de miel en el lago Tahoe. Erin sabía que debería sentirse entusiasmada ante la perspectiva de quedarse a solas con su novio, dado que había conservado su virginidad para la noche de bodas, pero durante las últimas semanas le había resultado muy difícil analizar sus emociones. Según Chet, ella misma lo había llamado gozosa para responder afirmativamente a su proposición de matrimonio. Sin embargo, desde que se hirió en la cabeza ese mismo día, poco después de efectuar aquella llamada, había experimentado lo que el médico denominaba «derrumbe emocional». Dada su desorientación, y su amnesia, se había apoyado en la familia y en los amigos.

Afortunadamente Chet había demostrado ser una firme fuente de apoyo. No le extrañaba que hubiera tenido tantas ganas de casarse con él. No dudaba que a su debido tiempo volverían aquellos sentimientos del pasado: mientras tanto, sería un alivio empezar a construir una vida en común. También le estaba muy agradecida a Tina, su mejor amiga desde el instituto. Tina, que se había convertido en profesora de enseñanza secundaria, había ido a verla una vez que la trasladaron al hospital de Sundown. Y había continuado visitándola durante el mes anterior, mientras Erin se recuperaba en casa de su madre.

Nadie de Tustin la había visitado, ni aceptado asistir a la boda. Erin se había llevado una gran decepción cuando Alice la informó de que Bea no había respondido a la invitación que le envió. En aquel instante, Tina interrumpió sus reflexiones:

—¿Qué tal la pierna? ¿Serás capaz de avanzar hacia el altar sin cojear?

Entre el golpe en la cadera y la herida de la cabeza, Erin apenas había salido del hospital o de casa.

—Eso espero...

De repente llamaron con fuerza a la puerta.

—¡Espero que no sea otra vez el fotógrafo! —Erin se sentía incapaz de forzar más sonrisas.

—Probablemente sea Chet.

Chet pensaba acompañar a Erin a la iglesia, ya que Alice se estaba recuperando de un nuevo ataque de bronquitis. Erin se había opuesto a que su padrastro desempeñara esa función de la ceremonia. Aunque Lance se había mostrado muy amable con ella durante aquel último mes, seguía sin gustarle nada. Supuestamente no había perdido contacto del todo con sus antiguos sentimientos y emociones.

Tina asomó la cabeza fuera de la habitación. Antes de que Erin pudiera ver quién era, su amiga salió al vestíbulo y cerró la puerta. Tenía que ser el novio de Tina, Rick, un sargento de policía que había desafiado la oposición de su padre a que salieran juntos. Cualquiera habría esperado una mejor reacción del comisario de Sundown Valley, pero Edgar Norris siempre se había caracterizado por ser algo elitista. Ahora que ya había conseguido ingresar en el club de campo, prefería que sus hijos se movieran en el círculo de la elite local.

Afortunadamente para ella, Tina no compartía las preocupaciones de su padre por el estatus social. Erin confiaba en que acabaría cediendo con el tiempo, porque Rick le caía muy bien. Tina entró de nuevo en la habitación, apresurada.

—Es un inspector de policía, quiere verte. ¿Puedes hablar con él?

—¿Un inspector de policía?

—Sí. Quiere hacerte algunas preguntas sobre tu accidente.

—¿Ahora? —el momento no podía ser más desafortunado. Además, ya le había contado al departamento de policía de Tustin todo lo que recordaba... que era nada—. ¿Y ha venido desde Tustin un sábado para hablar conmigo?

—Es alguien de aquí —Tina se aclaró la garganta—. Erin, se trata de Joseph.

Joseph. No podía ser él. Sabía que se había incorporado a la policía y que era amigo de Rick, pero no había esperado verlo. No estaba preparada para un encuentro semejante, y menos vestida de novia... Tiempo atrás había estado lo más cerca de él que una mujer podía estarlo de un hombre. Hasta que le rompió el corazón, o quizá fue ella quien le rompió el suyo. Probablemente ambas cosas.

—Lo que a mí me pasó tuvo lugar en Tustin —se oyó decir a sí misma—. Es otra jurisdicción.

—Lo sé —Tina recogió su ramo nupcial y acarició las flores verdes, azules y color marfil—. Pero es que Joseph ha estado investigando el accidente de tu madre. Y cree que puede haber alguna relación con lo que te sucedió a ti.

—¿Cómo puede haber una relación entre dos sucesos tan diferentes? —habían ocurrido en lugares distintos y con una diferencia de cuatro meses.

—Será mejor que te lo explique él mismo. Me prometió que no tardaría mucho.

—No puedo verlo.

—Me dijo que había intentado hablar contigo antes, pero que Lance se opuso y mi padre le ordenó que se mantuviera al margen. Insiste en que es muy importante.

El chico al que había adorado cuando sólo tenía quince años estaba justo al otro lado de la puerta, en el vestíbulo. ¿Cómo podía negarse a verlo? ¿Y cómo podía verlo cuando estaba tan nerviosa?

La mujer que había sido antes de sufrir el accidente habría podido manejar aquella situación con confianza y seguridad. Pero en aquel momento no podía confiar en sus propias reacciones. Durante el último mes, se había sorprendido a sí misma dudando de todos los que la rodeaban e irritándose por ninguna razón en especial. ¿Cómo podría mantener la compostura en presencia de Joseph?

Recordaba un detalle concreto. En el hospital había descubierto que llevaba el colgante del corazón roto que él le había regalado de los tiempos del instituto. Ojalá pudiera recordar por qué se lo había puesto aquel día, aparentemente poco después de telefonear a Chet para comunicarle que aceptaba casarse con él. Eran muchas las cosas que seguían careciendo de sentido. Por ejemplo, ignoraba por qué sus amigos de Tustin la habían abandonado. Y en casa de su madre tenía la sensación de que la gente interrumpía sus conversaciones cada vez que entraba en una habitación. O sonaba el teléfono y alguien respondía en susurros, como si no quisieran que ella se enterara de nada.

En el instituto, Joseph había sido la persona en quien más había confiado. Quizá ahora pudiera ayudarla de alguna forma. En cualquier caso, se negaba a echarlo de allí sin saludarlo antes.

—De acuerdo —aceptó—. Pero sólo un momento.

—Le diré que no te canse demasiado —Tina se dirigió hacia la puerta.

¿Que no la cansara demasiado? Aquello iba a ser muy duro. Sólo esperaba que, después de la entrevista, se recuperara lo suficiente para hacer un buen papel en la boda.

Tina lo hizo pasar. Cuando lo vio, la emoción la desbordó por dentro. Aquel era Joseph, su Joseph. Lo había echado terriblemente de menos, por mucho que se hubiera negado a reconocerlo. Ahora lo sabía. Los años habían ensanchado sus hombros y le habían dado un aire de autoridad. Sus ojos azul oscuro la miraban con una especial intensidad. No se había olvidado de nada de lo que había sucedido entre ellos, estaba segura, pero aun así no vio señal alguna de alegría en su mirada. Aquel hombre había cambiado, era evidente. Se volvió hacia Tina:

—Sólo tardaré unos minutos —cortésmente, la estaba echando.

La joven se encogió de hombros y los dejó solos.

—Gracias por haber aceptado verme —sin moverse de su sitio, sacó un cuaderno de notas—. Quería que me aclarara algunos detalles.

—Pues tu sentido de la oportunidad deja mucho que desear —Erin forzó una sonrisa irónica.

—Me temo que no tenía otra elección. No me permitieron verla antes.

—Esta situación es un tanto violenta. Dentro de un rato voy a casarme, ¿sabes? ¿Tan urgente es?

—Hace poco estuvo a punto de morir, y su madre también. Es demasiada casualidad —explicó con tono firme pero tenso.

—Bueno, fueron accidentes. No sé qué más puedo decirte al respecto.

—¿Lo fueron?

—¿A qué te refieres?

—¿Fueron realmente accidentes?

Esperó su respuesta, con el bolígrafo apoyado en el cuaderno.

—No lo sé —se agarró al brazo de la silla más cercana, a la espera de un nuevo ataque de mareo. Durante todo aquel mes había reaccionado de esa manera cuando Chet, Lance y su madre le decían cosas que no encajaban con sus distorsionadas percepciones.

Le habían dicho que Alice se encontraba bien, aunque Erin la veía demacrada, nerviosa. Le habían dicho que debía seguir adelante con los planes de boda, incluso en el estado de aturdimiento en que se encontraba.

Pero todavía tenía la mente clara. Aquel policía de rasgos duros no estaba hablando de percepciones. Estaba insinuando que alguien la había atacado deliberadamente a ella y a su madre. Era lo primero que oía en el último mes y medio que tenía sentido. Y no podía dejarla más aterrada.

····

Joseph se había preparado para encontrarse con una millonaria joven y altiva, que no dudaría en despreciar sutilmente al hombre con quien había sido tan estúpida como para salir de adolescente. No había esperado para nada que lo respetara, y mucho menos que le cayera simpático. Nadie mejor que él sabía lo absurdo que era aferrarse al pasado.

Después de pasarse los cinco últimos años entre policías que trabajaban hasta el agotamiento cambiando constantemente de turno, había sido testigo de la ruptura de demasiadas relaciones. Y había visto a gente con el corazón irremediablemente destrozado... recoger los trozos rotos y seguir adelante con su vida. Como él.

O al menos eso había pensado. Porque en ese momento no estaba tan seguro.

El hecho de ver a Erin lo catapultó a los inocentes e ilusionados días del instituto, antes de que su mundo se viniera abajo. Quería acunar con las manos aquel rostro en forma de corazón. Quería estrecharla contra su pecho para que lo ayudara a encontrar al joven confiado que había sido.

Poco debía de haber pensado en él durante todos esos años. No por casualidad estaba a punto de casarse con Chet Dever, prometedor candidato a congresista y tipo sumamente listo, a juzgar por sus intervenciones en televisión. Por eso llevaba en aquel instante una gargantilla de diamantes y una diadema que probablemente costaría más de lo que un policía como él ganaba en un año. O en diez. Aun así, le molestaba verla en ese estado. Había tenido que apoyarse en el brazo de una silla. ¿A qué venía tanta prisa por casarse al poco de haber sufrido un accidente tan grave? Si él hubiera sido Chet... Bueno, quizá sí que habría tenido esa misma urgencia...

—Me disculpo por las molestias que le estoy causando, señorita Marshall. Intentaré acabar lo antes posible.

—Mi nombre sigue siendo Erin. Y no hace falta que me hables de usted. Por favor, dime por qué crees que esa furgoneta me atropelló deliberadamente —pese a su palidez, se apartó de la silla y se irguió.

Joseph se obligó a concentrarse en la tarea que tenía entre manos. Tenía que aprovechar lo mejor posible aquellos pocos minutos porque, una vez que Erin se convirtiera en la señora de Chet Dever, nunca volvería a tener la oportunidad de hablar con ella a no ser que el caso se abriera directamente. Y para entonces podría ser demasiado tarde.

—No se me ocurre el móvil. Ni siquiera

tengo la seguridad de que fuera realmente un delito. Pero es una sospecha.

—La policía de Tustin lo calificó de accidente.

—Los testigos declararon que creían que pudo haber sido un accidente. La policía no está tan segura —lo sabía porque había hablado con el oficial a cargo de la investigación.

Erin abrió mucho los ojos.

—Chet me dijo que él mismo había leído el informe.

—Pues no pasaría de la primera página. A grandes rasgos, nadie vio el momento en que la furgoneta te atropelló. Y todavía quedan varias cuestiones por explicar.

—¿Qué... ? —se interrumpió, tambaleándose levemente.

—¿Estás bien? —Joseph la sujetó de un brazo.

—Sólo un poco mareada —aspiró profundamente varias veces—. ¿A qué cuestiones te refieres?

—A que, por ejemplo, la furgoneta había sido robada. La encontraron en Los Ángeles, a más de cuarenta kilómetros del lugar del presunto accidente.

—Si se trataba de una camioneta robada, eso podría explicar por qué el conductor no se detuvo a ayudarme —replicó Erin—. ¿Qué más?

—Esto es lo más enigmático: llevabas dos mil trescientos cuarenta y siete dólares en una caja de caudales... que dejaste en el suelo del aparcamiento, a unos treinta metros del lugar exacto donde te atropellaron.

—¿De veras? ¿Por qué?

—Eso es lo que yo me pregunto. La caja estaba en el suelo, sin ningún tipo de golpe. No parece que la dejaras caer. ¿Por qué la dejaste en el suelo?

—No lo sé.

La expresión de asombro de Erin le confirmaba que, tal y como le había asegurado el inspector de Tustin, no recordaba para nada las circunstancias del accidente. Las víctimas de crímenes y accidentes a menudo sufrían ataques de amnesia, con o sin lesiones cerebrales. A veces los recuerdos volvían. Otras veces no.

—La policía de Tustin encuentra eso muy extraño, y yo también. Es posible que creyeras que alguien quería robarte y dejaras la caja en el suelo para que te dejara en paz. Pero nadie se llevó el dinero. Lo que significa que el móvil era otro.

—Nadie me había dicho nada...

Tenía que hacerle la pregunta más dura, aunque eso pudiera alterarla aún más.

—¿Crees que alguien pudo haber querido matarte? ¿Se te ocurre algún nombre?

—¡Por supuesto que no! —lo miró horrorizada.

Estaba pecando de ingenua, por supuesto. Marshall Company, empresa de la cual Erin era copropietaria, había edificado en numerosas parcelas y poseía el centro comercial, la clínica y varios complejos de oficinas en la población. Había gente resentida de su éxito, desde rivales hasta arrendatarios descontentos. Al parecer, a Erin la habían mantenido apartada de todo aquello. Aunque oficialmente era vicepresidenta del consejo de administración, su posición era más formal que efectiva.

Como director ejecutivo, Dever controlaba la compañía en colaboración con Alice Marshall Bolding. La madre de Erin, que se había convertido en presidenta del consejo desde la muerte de su marido dos años atrás, mantenía un despacho en la sede de Marshall y, aparentemente, también llevaba las riendas del negocio desde casa.

—Eso nos lleva al accidente de tu madre —continuó Joseph—. Siempre me pareció extraña su versión de que simplemente decidió salir sola al lago y se cayó de la lancha.

En su informe sobre lo sucedido, no había podido convencer a sus superiores de la posibilidad de que se tratara de un intento de homicidio. Pero después de lo que le había

37

pasado a Erin, sus sospechas se habían multiplicado. Aunque la policía de Tustin estaba haciendo todo lo posible por descubrir al conductor de la furgoneta, se preguntó una vez más si Erin poseería alguna clave...

—Tu madre decidió sacar la lancha fueraborda de Lance a pesar de que estaba oscureciendo y no había nadie en el lago. ¿Te parece un comportamiento normal en ella?

—No. No me la imagino saliendo a navegar en nada más pequeño que su yate.

—Ella declaró que había tomado un par de copas y que perdió el equilibrio. ¿A ti qué te parece?

—Aunque mi madre se emborrachara, jamás lo admitiría. Para ella lo primero de todo es guardar las apariencias.

Se sentía incómodo hablando con su antiguo amor del instituto como si fueran dos extraños, pero al menos ella parecía dispuesta a escucharlo. Alice Bolding, en cambio, había reaccionado con irritación a sus insinuaciones. Para no hablar de su marido...

—Tu padrastro afirma que salió de compras aquella misma tarde, pero no compró nada, así que no hay factura alguna. Y ningún vendedor o dependiente recuerda haberlo visto aquel día.

—Yo nunca confié en Lance —le confesó Erin—. Así que no puedo ser objetiva al res-

pecto. Pero si intentó matar a mi madre...
¿qué sentido tiene que lo oculte ella misma,
que lo encubra? Debiste haberle hecho esa
pregunta a ella.

—Me lo negó —admitió Joseph—. Pero su
lenguaje corporal fue muy explícito. Se puso
muy nerviosa.

—No me sorprende nada. Seguro que no le
gustó nada hablar con la policía.

Alice siempre había sido una mujer muy
orgullosa. Joseph no le había caído nada bien
mientras estuvo saliendo con su hija: todavía
recordaba su actitud despreciativa de aquel
entonces. Aun así, todavía le sorprendía la
frialdad con que lo había tratado cuando lo
vio aparecer por el lago para interrogarla,
como si estuviera resentida de que quisiera
aclarar el asunto.

Por supuesto, era posible que hubiera estado aún bajo los efectos del accidente. ¿O
temía tal vez que alguien pudiera tomar re-
presalias contra ella si hablaba con demasiada libertad? La policía investigaba continuamente casos de abuso y maltrato de mujeres,
una realidad que no era exclusiva de los hogares más pobres.

—¿Le preguntaste por lo que le sucedió?

—Lo intenté —respondió Erin—. La llamé
por teléfono tan pronto como lo supe. Quise
ir a buscarla y enterarme de todo, pero cuan-

do le pregunté si Lance había tenido algo que ver con ello, me ordenó que me quedara al margen. Durante meses apenas me dirigió la palabra y se negó en redondo a que la visitara. De hecho, no nos reconciliamos hasta después de mi accidente.

—Cuando saliste del hospital te quedaste en su casa. ¿Cómo la has visto?

—Malhumorada, melancólica. Algunas veces está como aturdida, y de repente se enfada con todo el mundo.

—¿Siempre fue así?

—Por lo general es demasiado susceptible, pero creo que no está bien. Y debe de tener los pulmones afectados por el accidente —explicó con tono preocupado—. Dice que padece de bronquitis, así que sale de casa muy raramente y nunca invita a nadie a venir. Sólo recibe a gente para tratar de cuestiones de la empresa.

Joseph se recordó que los maridos maltratadores solían aislar a sus parejas de todo contacto social.

—¿Hablaste de esto con ella? A mí me parece que necesita ayuda.

—No me he atrevido a decirle nada. Me siento tan... aturdida y desorientada, que pensé que eran paranoias mías. Yo... —vaciló.

—¿Qué? —la animó a continuar.

—Nada, son tonterías...

—A veces las presuntas tonterías resultan ser cosas tremendamente importantes —sabía que se estaba preguntando si podía confiar en él. Esperó, deseoso de que se decidiera a colaborar. Porque, sin su ayuda, jamás conseguiría averiguar lo que estaba pasando allí.

—Pensé... bueno, he tenido la sensación de que la gente murmuraba a mis espaldas. Como si no quisieran que me enterara de algo —le confesó al fin—. ¿No te parece una estupidez?

—Para nada. Tu padrastro... ¿ha llegado a amenazarte de alguna forma?

—No, de hecho... —tragó saliva—... se ha estado portando bastante bien conmigo. Lo que no significa que me guste —juntó las manos enguantadas sobre el regazo—. Después de la muerte de mi padre, mi madre me pidió que me trasladara aquí, pero yo me negué a abandonar mi trabajo. Si hubiera estado con ella, tal vez no se habría apoyado tanto en Lance...

—Tú no tienes la culpa de nada. Tu madre siempre fue una mujer muy suya, muy independiente.

—Ha cambiado. Ya no es así. Tú... ¿podrías ayudarla?

Ojalá hubiera podido. Se había convertido

en inspector de policía para ayudar a la gente, y no había nada más frustrante que ver a una mujer protegiendo y encubriendo a su maltratador. Pero la actuación de la policía tenía sus límites.

—El comisario me ordenó que cerrara el caso —le explicó—. Se lleva muy bien con la elite local, y tengo la sensación de que el señor Bolding le ordenó que se mantuviera al margen.

—Por tanto, se supone que hoy no tendrías por qué estar aquí... Al menos oficialmente —adivinó Erin.

—Exacto.

—Has venido a ayudarme —le tembló la voz—. Podrías meterte en problemas por mi culpa.

—No sería la primera vez.

Sus miradas se encontraron, y ella sonrió. Joseph comprendió de repente que, en realidad, no la había olvidado. Jamás la había olvidado. Por eso cada mujer con la que había salido desde entonces le había parecido insulsa, vacía, como si careciera de algo fundamental. Sólo en ese momento había tomado conciencia de ello.

—¿Cómo es que vas a casarte con Chet Dever? —le preguntó, preparándose de inmediato para escuchar su respuesta: «porque lo amo».

—No lo sé.

—¿Qué quieres decir con que no lo sabes? —inquirió con una mezcla de alivio y el más violento dolor, como si no hubieran pasado diez años desde la última vez que salieron juntos—. ¿Cómo puedes casarte con un tipo si no lo amas?

—Supongo que debo de amarlo. Le dije que sí, ¿no?

—¿Y me lo preguntas a mí?

Erin se acarició la nariz, como tenía costumbre de hacer cuando la asaltaba alguna idea. Como aquélla que tuvo de desafiar a sus padres e irse con él a una fiesta para niños pobres, disfrazados los dos de Santa Claus, en vez de quedarse en casa. Joseph atesoraba la foto de aquella escapada.

—No recuerdo haberle dicho que sí.

—¿Perdón?

—No recuerdo nada de aquella mañana —explicó—. Él me pidió en matrimonio el fin de semana anterior. La mañana del accidente yo lo llamé para aceptar. Al parecer no podía esperar ni un día más para decirle que quería ser su esposa. Al menos eso fue lo que me dijo él.

Joseph no había esperado escuchar nada parecido cuando decidió interrogarla el mismo día de su boda.

—Vaya. ¿Soy yo o todo esto no tiene un

cierto olor a podrido?

—Olor —repitió Erin con tono ausente.

—¿Qué?

—Acabo de recordar algo. Un olor dulce. Flores —parpadeó asombrada—. Perdona. Debo de estar recordando mi estancia en el hospital...

—Erin, sinceramente, creo que no estás en condiciones de casarte.

—Pero tengo un compromiso, he hecho una promesa —señaló su vestido de novia—. Y yo siempre cumplo mis promesas —le tembló ligeramente la voz cuando añadió—: Además, estoy segura de que eso es lo que quiero.

—A mí no me parece que estés tan segura.

—Supongo que mis dudas se refieren a por qué no respondí afirmativamente cuando me lo propuso, por qué esperé... Si pudiera recordar exactamente lo que ocurrió esa mañana, me sentiría mucho mejor.

Joseph pensó que, en poco más de media hora, aquella mujer se casaría con un ejecutivo astuto y sin escrúpulos... al que le encantaría echar mano de los millones de Erin. Y ella sólo tenía su palabra de que había aceptado casarse con él...

Agarró con fuerza su cuaderno de notas. Erin no era su problema. Desde un punto de vista social los Marshall eran completamente ajenos a los Lowery, una familia marcada por la marginación desde que su padre, un antiguo policía, fue detenido y condenado por asesinato once años atrás. Las secuelas de aquello habían destruido su relación con Erin. Y a su padre también.

Aunque Joseph y su madre habían permanecido a su lado, muy poca gente había compartido su convicción de que le habían endosado injustamente el crimen. Después de su muerte en prisión y teniendo en cuenta que no había surgido ninguna prueba más, las posibilidades de limpiar el nombre de su padre eran demasiado remotas. Pero lo de Erin era otra cuestión. Si se hubiera comprometido realmente con Dever, habría compartido la feliz noticia con alguien. No había razón alguna para fiarse del testimonio de un hombre como él.

—¿Es posible que aquel día lo hubieras hablado con alguna amiga?

—Mi jefa, Bea —respondió—. Estábamos trabajando juntas en el carnaval.

—¿Sabes su número de teléfono?

—Está en mi agenda.

Joseph le recogió el bolso de la silla.

—¿Puedo? Me da la impresión de que tú tardarías mil años en quitarte esos guantes.

—Adelante. Está en un bolsillo lateral.

Encontró el número y llamó desde su móvil. Cuando estaba sonando se lo entregó.

Se saludaron afectuosamente. Joseph la oyó preguntar si, antes del accidente, le había mencionado algo acerca de su compromiso.

—No lo entiendo... ¿Qué quieres decir con eso de que no sabías que estaba comprometida? Bueno, con Chet, claro. Porque recibiste la invitación, ¿no? ¿Qué? —palideció aún más que antes—. Oh, Bea... tú no pensarás que... bueno, no tengo tiempo para explicártelo. Gracias. Sí. Estaremos en contacto.

—¿Y bien?

Se volvió hacia él, tragando saliva.

—Yo no le dije a Chet que me casaría con él. Precisamente le comenté a Bea que quería dejarlo, rechazar su proposición...

Por mucho que le alegrara escuchar aquella noticia, Joseph tenía que cerciorarse.

—¿Podría tratarse de un malentendido?

—Bea estuvo hablando conmigo aquella tarde, justo antes de que me atropellaran —explicó Erin con voz apagada, estupefacta—. Le dije que lo de Chet era un error. Pensaba comunicarle la mala noticia en persona, al día siguiente.

Joseph no podía creer que Dever hubiera mentido de una manera tan miserable.

—Quizá lo aceptaste y luego cambiaste de idea...

—Lo dudo. Chet me dijo que lo había llamado alborozada. Según él, le comenté que no podía esperar ni un día más para casarnos. Y yo no soy el tipo de persona que diría una cosa así para cambiar de opinión pocas horas después.

—Cuando te lo dijo, ¿no le preguntaste por qué habías aceptado? Quiero decir... tú deberías saber si lo amas o no...

—Me creí todo lo que me dijo. No podía confiar ni en mi memoria ni en mis propios sentimientos —parecía aturdida—. No confiaba en mis percepciones.

Joseph estaba indignado. Tal vez lo que Dever había hecho no fuera un delito, pero debería serlo...

Erin se guardó el móvil en el bolso.

—¡Qué desastre! Todo el mundo se quedará de piedra. No sé lo que voy a decirles...

—La única persona con quien tienes que hablar es tu falso prometido.

—No —se le llenaron los ojos de lágrimas—. Está mi madre. Y toda esa gente de ahí afuera... —empezó a temblar—. Lo siento. Sé que debería arreglármelas sola, pero no puedo pensar bien, con coherencia...

Joseph no pudo evitarlo. Sabía que estaba comprometiendo su investigación, pero la atrajo hacia sí y la estrechó en sus brazos. Erin lo necesitaba. Jamás había imaginado que tal cosa pudiera suceder, dados sus respectivos antecedentes.

—Ven conmigo. Te ayudaré.

—No tienes por qué —apoyó la mejilla en su pecho—. No es problema tuyo...

—Dime en cuánta gente confías en este momento, además de mí...

—Mi madre.

—¿Pese a estar bajo influencia de Lance?

—No.

—Entonces sólo estoy yo —señaló Joseph—. Eso lo convierte en mi problema.

Pensó que, muy pronto, tendría todo el apoyo que pudiera necesitar: abogados, guardias de seguridad, contables, lo que fuera. Pero durante aquellos brevísimos instantes, necesitaba un amigo y se había dirigido a él.

—Salgamos de aquí.

De repente, antes de que llegara a tocar el pomo, se abrió la puerta.

CAPÍTULO 3

Erin miró consternada al hombre que había aparecido en el umbral. Vestido de esmoquin, Chet todavía parecía más alto e intimidante. Era alto, algo más que Joseph, aunque no tan bien proporcionado, con el pelo rubio perfectamente peinado hacia atrás y un aire de inequívoca autoridad. Desde que se despertó en el hospital, había tomado el control de su vida. Y ella, dolorida, amnésica, desorientada, había aceptado agradecida su ayuda. No estaba preparada para mantener aquella discusión. Todavía no había hecho ningún plan, ni reunido el coraje suficiente.

Detrás de Chet, en el vestíbulo, Tina la miraba azorada, nerviosa. Erin no sabía qué era lo que le había contado, pero evidentemente parecía bastante molesto.

—¿Qué diablos está pasando aquí?

—Creo que no nos hemos presentado —Joseph le tendió la mano—. Soy el inspector Lowery.

Chet no se la estrechó.

—Ya sé quién es usted.

Erin pensó que aquella respuesta había sido inusualmente grosera por su parte.

—Todo el mundo sabe quién es.

Fue el hermano de Tina, Gene, quien soltó aquella última frase. Enjuto, de rasgos angulosos, también él llevaba esmoquin, como padrino de Chet. Era, además, su asesor para la campaña electoral. Erin recordaba que, en el instituto, solía llevarse muy mal con Joseph.

Un brillo de reconocimiento asomó a los ojos de Joseph antes de volverse de nuevo hacia Chet. Su aire de tranquila firmeza no pudo menos de impresionarla.

—La señorita Marshall me está ayudando en una investigación.

—Muy bien, inspector, su tiempo se ha acabado —dijo Chet—. Vamos a celebrar una boda y no recuerdo haberlo invitado.

—Si está buscando problemas, váyase a otra parte —añadió Gene.

—Él sólo quería hacerle unas preguntas a Erin... —intentó defenderlo Tina, ruborizándose.

—Pues se está excediendo de sus funciones —replicó su hermano—. Y lo sabe perfectamente.

Erin podía sentir la tensión de Joseph. Era

obvio que el comisario Norris se enteraría de su intervención... directamente de labios de su hijo. Pero Erin decidió actuar. Si pretendía recuperar el control de su vida, lo mejor sería empezar cuanto antes.

—Joseph ya se disponía a marcharse, Chet, y yo también. Lo siento, pero no voy a casarme contigo. Y no voy a disculparme. De hecho, bajo las presentes circunstancias, eres tú quien debería disculparse conmigo.

La reacción de su novio fue sutil pero inequívoca: entrecerró levemente los ojos y tensó la mandíbula. Erin se estremeció. Había algo en él que la asustaba...

—Hace apenas cinco minutos estabas bien... —exclamó Tina—. ¿Qué es lo que te ha pasado?

—Hace cinco minutos, todavía estaba engañada —respondió—. Tina, el día del accidente yo había decidido rechazar la petición de matrimonio de Chet. Él me mintió.

—Dime qué clase de cosas absurdas te ha contado este hombre...

Intentó tomarla de los hombros, pero ella se apartó.

—No ha tenido necesidad de decirme nada. Yo llamé a mi jefa de Tustin. Según ella, había planeado dejarte justo antes de que me atropellaran. Yo nunca te dije que me casaría contigo. Me mentiste.

Chet debió de haber previsto de alguna manera aquella acusación, porque inmediatamente cambió de táctica:

—Pues durante mes y medio no has negado que fueras mi prometida. Si alguien ha mentido aquí, ésa eres tú.

Erin apenas podía dar crédito a lo que estaba oyendo.

—¡Estaba tendida en una cama de hospital, con una lesión en la cabeza! Tú fuiste quien me convenció de que estaba comprometida contigo.

—El alta te la dieron hace un mes. Podías haber cancelado la ceremonia en cualquier momento. Nadie te obligó a hacer nada, Erin —alzó las manos con gesto apaciguador—. Mira, estoy seguro de que todo esto se debe a los nervios previos a la boda. Tenemos un salón entero lleno de invitados esperando a vernos caminar hacia el altar. ¿Es que quieres avergonzar a tu madre delante de sus amistades?

Aquel último comentario la hizo dudar. Al negarse a volver a la casa familiar tras la muerte de su padre, ya le había fallado una vez a Alice. De hecho la había colocado en una situación de vulnerabilidad, a merced de oportunistas como Lance. La cancelación en el último minuto de la boda de su hija la avergonzaría delante de todo Sundown Valley, y ella no se merecía un tratamiento semejante.

Pero esa tampoco era razón para casarse con Chet. Y sobre todo después de que le hubiera mentido de esa manera.

—Cuando te dije que no quería apresurar las cosas, me describiste con todo lujo de detalles la alegría con que había aceptado tu petición y la prisa que tenía por casarme contigo. Te lo inventaste todo.

—Fue un malentendido. Este policía se ha estado aprovechando de tu situación. No sé por qué lo ha hecho, pero lo averiguaré —afirmó con un brillo de hielo en sus ojos azul claro—. Lo que no entiendo es por qué piensas que vas a salirte con la tuya.

—Tú no puedes detenerme.

—El problema es que no estás bien —pronunció con tono persuasivo—. Lo hemos intentado todo, pero tu comportamiento durante todo este último mes ha dejado mucho que desear. Has dejado de comportarte racionalmente. Necesitas que alguien de confianza esté pendiente de ti y te asesore en todo...

—Soy una persona adulta. Puedo cuidar perfectamente de mí misma.

—Por desgracia, hay muchas más cosas en juego aquí que los caprichos de una joven como tú. Eres copropietaria de una gran empresa. Si te equivocaras en tus decisiones, no sólo pondrías en peligro tu patrimonio sino también la estabilidad económica de esta población. Quizá haya llegado la hora de pedirle a un juez que nombre un tutor para que vele por tus intereses hasta que recuperes tu salud mental...

Erin se estremeció. ¿Un juez podía declararla incompetente? Tal vez no pudieran obligarla a casarse, pero sí encerrarla en una institución psiquiátrica. La perspectiva la aterraba.

Se acercó a Joseph. Era su amigo, y además policía. Sólo esperaba que no hubiera cambiado de idea acerca de su decisión de ayudarla. Por suerte, sus siguientes palabras no pudieron ser más reconfortantes:

—La señorita Marshall está bajo mi protección. Si ella quiere marcharse, está en su perfecto derecho. ¿Quieren hablar con un juez? Perfecto. Mi madre trabaja en un despacho de abogados. Nos aseguraremos de que Erin esté conveniente y eficazmente defendida.

—Recuerdo que usted era su novio —señaló Gene—. Podría estar aprovechándose de su debilidad en beneficio propio.

—¡Oh, por el amor de Dios! —estalló Tina—. Ni ella está loca ni Joseph ha venido aquí a engañarla.

—Tú no te metas en esto —le ordenó su hermano.

—¿Por qué? ¿Qué te va a ti en todo este asunto, por cierto?

—Dejemos las discusiones familiares para después, ¿de acuerdo? —Chet parecía decidido a impedir que la conversación se desviara de su curso—. Llevamos mucho tiempo juntos —le dijo a Erin—. Cuando te lo propuse, sé que tenías intención de aceptar. Lo que pasa es que simplifiqué la explicación en el hospital porque necesitabas que alguien cuidara de ti. ¿Qué hay de malo en ello?

Erin se alegraba de que hubiese renunciado a las amenazas. Pero seguía maravillándose de su habilidad para tergiversar los hechos.

—Lamento haberte decepcionado, pero no tiene sentido seguir discutiendo.

—¿Vas a largarte y a dejar a tu madre con todo este lío? —insistió Chet—. ¿Eres consciente del disgusto que se va a llevar?

Su renovado intento por acorralarla la irritó aún más.

—Creo que conozco a mi madre mejor que tú.

—Por eso me pediste que hiciera de intermediario con ella durante todos estos meses, ¿verdad? Creo que realmente no tienes ni la menor idea del calvario que ha estado pasando.

Erin pensó en su padre. Andrew Marshall jamás habría permitido que un empleado suyo, incluso un director ejecutivo, le hablara de esa manera.

—Mira, llevo soportando a mi madre desde mucho antes de que tú entrases a trabajar para nosotros. Puedo manejarme con ella perfectamente sin tu ayuda, gracias.

Chet se quedó sin habla por un momento. Y ella aprovechó la ocasión.

—Vámonos —y agarró a Joseph del brazo.

Desde luego, le debía una disculpa a Alice. Un torrente de adrenalina circulaba por sus venas mientras atravesaba el vestíbulo, salía del edificio y continuaba por el sendero que lleva al ala este, donde su madre tenía alquilada una suite. El elegante club de campo, levantado dieciséis años atrás por Marshall Company, incluía un extenso y precioso jardín. A Erin le encantaba su exuberante vegetación. Ese día, sin embargo, no estaba de humor para admirar las flores.

Joseph le lanzó una sonrisa cargada de admiración:

—¿Sabes? Me ha encantado la manera que has tenido de deshacerte de él.

—Pues estaba asustada. Creo que habría sido incapaz de hacerlo si tú no hubieras estado a mi lado.

—No te subestimes a ti misma.

—¿Crees que Chet tenía razón?

—¿Sobre qué?

—Llevo un mes entero fuera del hospital. Nadie me obligó a hacer nada. Pude haber roto con él mucho antes. Sinceramente, no sé por qué lo hice.

—El informe de Tustin hablaba de amnesia y estrés postraumático.

—Sí, ése fue el diagnóstico del médico...

—¿Te importaría describirme los síntomas?

—He tenido pesadillas, y dificultades para pensar con coherencia. A veces tengo la sensación de que estar rodeada de extraños, incluida mi madre. Cuando se lo dije a Chet, no saqué nada en claro, pero me figuré que sería algo temporal. ¿Por qué no reconocí que no lo amaba? Ahora me parece tan obvio...

—Las víctimas de un trauma a menudo se distancian de sus propios sentimientos —le dijo Joseph—. ¿Se corresponde eso con tus síntomas?

—La verdad es que hasta el día de hoy... no me había sentido viva de nuevo. Pero dudo que me sirva de excusa.

—Tú siempre has dudado de ti misma. En el instituto, cuando tus padres intentaban controlarte y manipularte, necesitabas que alguien te diera un pequeño empujón de seguridad: sólo así podías empezar a confiar en tus propios instintos. Entre el trauma y la falta de confianza, Chet te manipuló a su capricho.

—¿Crees que lo hizo a propósito?

—Si quieres mi opinión, ese hombre es capaz de cualquier cosa. Aunque ya sabes que yo no soy precisamente un admirador de los políticos.

—Parecía convencido de que yo lo ofendí...

—Y quizá lo esté. Desde su punto de vista, cualquiera que no responde a sus expectativas, lo ofende.

—Creo que tienes razón. Siempre has tenido el don de poner las cosas en su justa perspectiva.

—Y tú siempre has tenido el don de la bondad natural. Le ofreces al mundo tu corazón en una bandeja. El problema es que el mundo es un lugar duro, Erin.

—Yo no quiero ser dura.

—Ni yo quiero que lo seas —repuso con tono suave—. Pero puede que tengas que serlo, para tu propia protección.

Mientras caminaban por el sendero, tropezó y se apoyó en él. El contacto tuvo el efecto de una descarga eléctrica, y de repente tomó conciencia de algo. Recordaba su aroma. El aroma de un bosque en primavera, húmedo por las primeras lluvias.

Cuando llegaron a la suite de su madre, Erin vio que las cortinas estaban echadas y supuso que debía de haber enfermado de nuevo. La noticia iba a sentarle muy mal. Alice siempre había sido una mujer fuerte, intimidante, pero desde la muerte de su padre resultaba obvio que su firme apariencia exterior ocultaba una íntima debilidad, una crónica desconfianza en sí misma.

Al primer golpe en la puerta asomó la cabeza Brandy Schorr, el ama de llaves.

—¿Ya va a empezar la ceremonia, señorita? Le enviaré a su madre ahora mismo.

—No, gracias. Necesito hablar con ella —declaró Erin.

Brandy miró a Joseph. Ni siquiera intentó disimular su antipatía.

—¿Qué está haciendo este hombre aquí?

—Ayudando a la señorita Marshall —respondió el aludido—. A petición suya.

—El señor Bolding me dijo que el caso estaba cerrado. Y que no quería que se acercara para nada a su señora.

—No ha venido aquí por lo de su accidente —le explicó Erin—. Me está acompañando —y entró en la suite, ignorando las protestas de Brandy. Aunque no había tenido ninguna queja de su trato durante el último mes, no la unía ningún lazo especial con aquella mujer. Además, sólo llevaba unos pocos meses trabajando para los Bolding. Al parecer Lance había echado a su predecesora.

—No puedo permitir que... —Brandy

dejó a medias la frase, silenciada por la mirada que le lanzó Erin.

—¿Mamá? —a pesar de lo luminoso del día, el salón estaba a oscuras. Sólo había una pequeña lámpara encendida, al lado del sofá—. Necesito hablar contigo.

—¿Qué pasa? —inquirió una familiar voz ronca antes de que Alice se materializara entre las sombras—. ¿Sucede algo malo?

Durante semanas, a Erin le había preocupado ver cómo su madre se descuidaba, adelgazando a ojos vista. Su melena rizada, de un tono rubio cobrizo, enfatizaba sus rasgos aristocráticos pero también su rostro demacrado, huesudo. Su vestido de color melocotón, con su corta chaqueta bordaba de perlas, revelaba una figura demasiado delgada.

—Mamá, he cancelado la boda.

—¿Qué? —Alice, que se había quedado mirando a Joseph con expresión desconfiada, volvió a concentrar toda su atención en su hija.

—No puedo casarme con Chet. No lo quiero —las palabras le salieron solas—. En realidad, yo nunca acepté su propuesta de matrimonio. Me mintió. Si confié en él fue porque no podía confiar en mí misma. Es una verdadera suerte que haya descubierto la verdad a tiempo.

Se preparó para recibir un explosivo reproche. Sabía perfectamente que la flor y nata de Sundown Valley se había reunido para asistir a la ceremonia.

—¿Se lo has dicho a Chet? —le preguntó Alice.

—Por supuesto.

—Ya —se volvió hacia Joseph—. ¿Qué está haciendo este policía aquí?

—Tenía que hacerle unas cuantas preguntas a su hija —respondió él.

—Mamá, lo siento —continuó Erin—. Ahora mismo sería incapaz de enfrentarme con toda esa gente. ¿Habría alguna manera... de que otra persona...?

Alice suspiró.

—Lance se encargará de ellos. Tú vente a casa con nosotros, cariño. Te cuidaremos bien.

Se abrazó a su madre y se puso a llorar.

—Gracias —debió haber imaginado que su madre no le fallaría en aquellos momentos.

—Todo se arreglará —la triste sonrisa que esbozó desmentía su tono animado.

Erin se apartó para mirarla detenidamente. Tenía un aspecto tan frágil... Aunque sólo tenía cuarenta y nueve años, los sucesos de los últimos meses le habían pasado factura.

Lance era el culpable. No podía consentir que Alice continuara quedándose a solas con él.

—No, no volveré a casa. Y tú tampoco.

—Por supuesto que sí.

—No es segura —dijo Erin—. Piensa en lo que nos sucedió a las dos. Los accidentes.

—Las dos hemos tenido mala suerte, pero todo ha pasado ya —Alice volvió a recuperar su aire altivo, arrogante—. Sabes que tu padre jamás aprobaba que la gente huyera de sus problemas. ¿Qué pensaría de ti si te viera ahora mismo?

A Erin se le subió el corazón a la garganta cuando escuchó unos pasos a su espalda. Su padrastro salía del dormitorio, ajustándose la pajarita del esmoquin con gesto irritado. Aunque durante las últimas semanas había sido un dechado de cortesía, en esa ocasión parecía encontrarse de mal humor.

—He oído voces. ¿Qué diablos está pasando aquí?

—Erin acaba de cancelar la boda —le informó Alice—. La acompaña un policía.

Lance esbozó una expresión tan furiosa que Erin retrocedió hasta el umbral de la suite, sobrecogida.

—¡Le dije que no quería verlo más! —le espetó a Joseph—. Usted no tiene ningún derecho a presentarse aquí el día de la boda de mi hija.

—Ya no es el día de mi boda —lo corrigió Erin.

—Ella solicitó mi ayuda para comunicárselo al novio —afirmó Joseph, haciendo frente común con ella.

—Erin, reflexiona. . . —le pidió Lance—. Si tienes algún problema con Chet, estoy seguro de que lo superarás. . .

—Ya lo he superado —replicó, y se volvió hacia su madre—: Mamá, ven con nosotros.

Alice soltó una corta, amarga carcajada.

—Yo estoy bien, créeme.

—Señora Bolding, si necesita ayuda, yo. . . —empezó Joseph.

Pero Lance se interpuso entre su esposa y él, cruzándose de brazos.

—No necesita ayuda de ninguno de los dos. Erin, puede que no te guste, pero yo soy el marido de Alice y estoy cansado de tu actitud. En el futuro, cuando quieras hablar con ella, tendrás que hacerlo a través de la secretaria del consejo de administración de Marshall Company.

Y los echó de la suite, subrayando su ira con un portazo. Erin se quedó paralizada, demasiado asombrada para moverse. Su padrastro acababa de prohibirle hablar directamente con su madre. . . y Alice no había dicho una sola palabra. Desesperada, se volvió hacia Joseph:

—Evidentemente está aterrada. ¿Puedes hacer algo?

—No si no podemos demostrar que se trata de un caso de maltrato.

—¡Pero si estuvo a punto de ahogarla!

—Eso no pude demostrarlo yo, y créeme, lo intenté —la tomó del brazo y se alejaron del edificio—. Mientras él no haga algo muy evidente o ella pida ayuda, es muy poco lo que podemos hacer.

A Erin le costaba alejarse de allí, consciente de que estaba abandonando una vez más a su madre.

—Ella siempre fue tan fuerte... hasta que mi padre murió. No sé qué puede haberle sucedido.

—Nunca se pueden prever las reacciones de la gente ante la pérdida de un ser querido.

Rodearon el recinto mientras se dirigían hacia el aparcamiento, evitando a los invitados con los que pudieran cruzarse.

—Yo creí que mi madre se moriría de pena cuando mi padre falleció en prisión —continuó Joseph—, pero al final volvió a su trabajo como abogada y logró reconstruir su vida.

Suzanne Lowery había sido una madre modelo, dedicada por entero a su familia. Sufrió mucho cuando el alcoholismo de su marido acabó con su carrera de policía. Lo apoyó durante el proceso de rehabilitación y lo animó a solicitar un empleo en Marshall

Company, donde alcanzó el puesto de jefe de seguridad.

Luego, durante el último año de Joseph en el instituto, su padre fue acusado de robo y asesinato: falsamente, según pensaba la propia Erin. Ella misma intentó solidarizarse con la familia, pero Joseph se lo impidió, cortando toda relación.

—Me alegro de que esté bien —comentó, sincera. Suzanne siempre se había portado muy bien con ella—. Para mi madre, en cambio, la muerte de papá fue como la gota que acabó colmando el vaso. Supongo que debí haberla apoyado más, pero fui egoísta. Me tomé un mes de descanso y después volví al trabajo.

—No es egoísta crecer y madurar —repuso Joseph—. Tú no podías haber previsto lo que sucedería.

Erin ansiaba aferrarse a aquella absolución, pero seguía viendo la brutal imagen de Lance avasallando a su madre. ¿De qué le servía ser millonaria cuando se veía incapaz de proteger a la persona que más quería en el mundo?

Joseph había dejado su viejo sedán en el aparcamiento.

—Supongo que habrá llamado bastante la atención entre tanto coche lujoso —le abrió la puerta.

Una vez dentro, Erin se relajó. Con Joseph a su lado se sentía segura, a salvo.

—Pasemos por casa de tus padres —le propuso él—. Así podrás pasar a recoger tus cosas, aprovechando que están fuera. Luego ya me dirás a dónde quieres que te lleve.

—No tengo ni idea.

—No hay prisa. Ya te lo pensarás.

Erin se quedó en silencio mientras salían del recinto, entre los campos de golf. Detrás, en lo alto de una loma, se alzaba la gran mansión en la que había crecido. Su padre la había mandado edificar allí para disfrutar de la espectacular vista. La echaba de menos, aunque se alegraba enormemente de que Lance Bolding nunca hubiera llegado a poseerla. Actualmente pertenecía al doctor Ray Van Fleet y a su esposa Jean, antiguos amigos de sus padres. Probablemente en aquel instante estarían en el gran salón, esperando a que empezara la ceremonia...

La boda. A esas alturas, se le antojaba irreal, lejana. Ahora se daba cuenta de que, durante las últimas semanas, había vivido como una sonámbula. Como si los preparativos y la propia boda fueran asunto de otra persona. Intentó pensar en un lugar adonde ir. Aunque Marshall Company poseía un gran número de apartamientos, no le gustaba la idea de que Chet pudiera conseguir la llave de cualquie-

66

ra de ellos. ¿Una habitación de hotel? Aun así podría sobornar a los empleados...

Joseph le había preguntado si sabía de alguien que pudiera haber querido matarla. Si se trataba de una posibilidad real, necesitaría llevar cuidado. Mucho cuidado. Empezó a temblar. Todo el mundo en Sundown Valley podía suponer una amenaza. Excepto Joseph, por supuesto. En cuanto a Tustin, no quería estar a setenta kilómetros de allí si algo le ocurría a su madre. Además, en Tustin habían atentado contra su vida...

Agarró con fuerza su bolso No iba a ponerse histérica delante de Joseph. Ya pensaría en algún lugar donde refugiarse. Pero sus siguientes palabras le quitaron aquella preocupación de la cabeza... para sustituirla por otra más inmediata.

—No te alarmes —le dijo—, pero creo que alguien nos está siguiendo.

Capítulo 4

—¿Qué?

Cuando Erin se volvió en su asiento, su rostro reflejó verdadero terror. A Joseph no le gustó verla así. Se lo había dicho antes de que tuviera tiempo para pensar.

Había advertido la presencia del lujoso sedán cuando rodeaban el lago. Había salido disparado del Club de Campo hasta que los alcanzó.

—¿Lo reconoces? —le preguntó—. Pensé que quizá sería un amigo tuyo.

—No lo creo.

Había demasiadas curvas y árboles flanqueando la carretera para que pudiera ver la matrícula. El conductor parecía estar solo, aunque Joseph no descartó la posibilidad de que hubiera alguien agachado detrás. Era demasiado pronto para dar el aviso. No quería involucrar al departamento de policía en lo que podría ser simplemente una disputa familiar.

—Tal vez no sea nada. Quizá sólo se trate de un tipo que ha salido del campo de golf poco después de nosotros.

—Si tú crees que nos está siguiendo, mucho me temo que tienes razón —se retorció las manos.

Pasaron por Rainbow Lane, la carretera que llevaba a la antigua zona de pesca a la que solían escaparse Joseph y sus amigos del instituto, para beber cerveza a escondidas. Pero el embarcadero hacía años que había sido declarado poco seguro, y él había dejado de beber después de que el alcoholismo le costara el puesto de trabajo a su padre. Cuando enfilaron por Aurora Avenue hacia la finca de los Marshall, el lujoso sedán continuó hacia la autopista Puesta de Sol.

—Falsa alarma —anunció Joseph.

—Me alegro —comentó ella.

Mirándola, se preguntó si sería consciente de su atractivo, con aquella mirada tan vivaz y aquella sonrisa tan fresca, tan natural. Erin jamás se había vanagloriado de su aspecto ni de su posición social. A veces Joseph se olvidaba de que procedía de una familia millonaria. Cuando eran adolescentes no le había importado, pero hacía mucho tiempo que había aprendido que, de adultos, el asunto era muy distinto.

Pasaron por delante de un grupo de casas

de campo. A lo lejos se levantaba el letrero de *No pasar*, allá donde la carretera pasaba a ser privada. Cuando la mansión de los Bolding apareció ante su vista, a Joseph no le gustó más que la primera vez que la vio, seis meses atrás. Quizás incluso menos. Fue la noche en que Alice estuvo a punto de morir ahogada. Las luces de los coches de policía se reflejaban en el agua del lago. La mansión se levantaba en una hondonada, con su tejado de gran pendiente que le daba el aspecto de un gigantesco y siniestro jorobado.

Se preguntó una vez más cómo Lance Bolding habría logrado convencer a la aristocrática Alice Marshall de que renunciara a su palacio por aquella casa en el extremo más distante del lago, lejos de sus amistades y del club de campo. El edificio, construido en madera, tenía su propio embarcadero. Para Joseph, al menos, la primera impresión no había podido ser más deprimente. Y la impresión no había cambiado mientras duró su investigación. Cuando se enteró del accidente de Erin por los periódicos, le disgustó sobremanera imaginársela allí viviendo. Encontraba aquella atmósfera tóxica, en el sentido literal y figurado de la palabra.

Se detuvo en la puerta. En el porche con columnas había una pequeña mesa y una mecedora.

—Este lugar me recuerda una casa de plantación de Lousiana decadente, abandonada...

—Es triste, ¿verdad? —Erin seguía sin bajar del coche—. Pero el lago es precioso.

—Eso depende —repuso pensando en lo que le había sucedido a su madre—. Tendrás una llave, espero...

—Sí —buscó en su bolso.

Joseph salió para abrirle la puerta. Vio que la luz de sol arrancaba deslumbrantes reflejos a los diamantes de su diadema y de su gargantilla.

—Será mejor que dejes eso aquí, a no ser que sea tuyo —le aconsejó él—. No me gustaría que Lance nos pusiera una denuncia por robo.

—Es el regalo de bodas de Chet...

—¿Tanto dinero gana? —estuvo a punto de preguntarle cuánto le habían costado.

—El puesto de director ejecutivo está muy bien pagado. Se lo devolveré todo, por supuesto.

Al entrar en la casa, Joseph reconoció el olor a mueble antiguo mezclado con la humedad del lago. Las cortinas mantenían el salón en penumbra.

Sabía que ningún asistente vivía en la finca. La única trabajadora a jornada completa era el ama de llaves. Aun así, dio un par de palmadas y escuchó. No contestó nadie.

—Espera aquí mientras echo un vistazo.

—¿Por qué? —frunció el ceño, extrañada—. Aquí no hay nadie.

—Compláceme, por favor —sacó su arma y revisó rápidamente una habitación tras otra. Era mejor tomar precauciones. Ya más tranquilo, volvió a reunirse con ella en el salón—. Adelante.

—Tengo que cambiarme. Me daré toda la prisa que pueda.

—¿Necesitas ayuda?

—¿Para cambiarme? —sonrió levemente.

—Yo no quería... —bajó la cabeza—. Estaba pensando que tu vestido debe de ser muy complicado. Pero será mejor que no te ayude. Soy demasiado torpe...

—¡No hace falta que lo digas! ¿Te acuerdas de aquel disfraz de Santa Claus? Cuando te lo pusiste, la barba te nacía de una oreja...

—¡No es verdad!

—Sí que es verdad. Pero te quedaba muy bien...

Ladeó la cabeza. Por un instante volvió a tener quince años y él diecisiete. Joseph no pudo soportarlo. Tenía que besarla.

Pero se detuvo. Ya no era un niño. Además, estaba allí para protegerla, no para divertirse.

—Será mejor que te des prisa. No me gustaría que tus padres nos encontrasen aquí.

—Oh —con un visible esfuerzo, recuperó la compostura—. No tardaré mucho —y se alejó.

Dado que había decidido continuar con la investigación pese a las órdenes del comisario, Joseph se concentró en examinar la casa. En los hogares donde tenían lugar violentas discusiones de pareja era normal encontrar una lámpara derribada, alguna marca en la pared. No vio ninguna.

Se dirigió hacia la parte que daba al lago. En la terraza se acumulaban los regalos de boda. Después de asegurarse de que no había ningún coche aparcado a la entrada, esperó a Erin en el salón. No tardó en aparecer con una maleta y un saco de dormir. Se había cambiado el vestido de novia por unos vaqueros, un suéter rosa y un sencillo collar de perlas.

—Espero no haber tardado demasiado. ¡Oh! —exclamó al descubrir los regalos en la mesa de la terraza—. Tendré que devolver todo esto. Y también debería escribir una carta a cada invitado...

—A no ser que quieras contratar un camión de mudanzas, te sugiero que dejes que tu madre se encargue de ello. Además, nadie espera que escribas cartas en tu estado actual.

—Pero es mi responsabilidad...

—¿Quién te nombró la persona más perfecta del mundo? —era una frase que había usado a menudo con ella, cuando eran adolescentes.

—Creo que tienes razón... —sin perder tiempo, le escribió a su madre una nota—. ¿Qué te parece esto? Le pido que devuelva los regalos y los diamantes a Chet. Podrá dejárselos a Betsy, la secretaria del consejo de administración de la oficina.

—Suena muy bien —se alegraba de que no se hubiera empeñado en devolverle los diamantes personalmente a Chet. Cuanto menos contacto mantuvieran a partir de ese momento, mejor para ella.

—Bueno, pues ya está —firmó la nota—. Mi madre podrá ponerse en contacto conmigo llamándome al móvil.

—¿Ya has decidido adónde vas a ir? —recogió la maleta y se dirigió a la salida.

—Aún no —después de cerrar, dejó la llave en el buzón de la correspondencia—. Supongo que antes tendré que hablar con Stanley Rogers, de la empresa, para saber cuánto puedo permitirme gastar. Además de dirigir el departamento de finanzas, maneja mi fondo personal. Y hasta que aparezca por la oficina el lunes, me temo que no llevo mucho dinero encima.

—¿Perdón? —era multimillonaria... ¡y hablaba como si estuviera arruinada!

—Ya sé que suena un poco raro, pero así es —subió al coche y se recostó en el asiento.

Una vez dentro, de repente fue como si perdiese de golpe toda su energía. Debía de haberse mantenido en pie gracias a la adrenalina, pensó Joseph mientras guardaba sus cosas en la maleta. Cuando se sentó al volante, Erin retomó su explicación:

—El fondo me hace un ingreso trimestral en mi cuenta, y yo lo traspaso a la de la Fundación Amigo de un Amigo. Es un secreto, por cierto.

—¿Tú estás detrás de la esa fundación benéfica? —Joseph sabía que aquella organización había donado una gran cantidad de dinero al centro de apoyo escolar que había fundado su madre y un gran amigo suyo, profesor del instituto.

—Ni siquiera Tina lo sabe.

—Ya lo supongo —Tina trabajaba de voluntaria en el centro, por lo que era tan ignorante del asunto como todos los demás.

—Hasta ahora he estado viviendo de mi sueldo. Y, créeme, no me llega para mucho. Mi cuenta bancaria en Orange County tendrá como mucho unos doscientos dólares. Por supuesto, cuento con mi tarjeta de crédito.

—¿Sólo tienes una?

—Ya te lo he dicho, vivo de mi salario. No estoy segura de cuándo será el próximo ingreso trimestral, pero quizá pueda conseguir un anticipo.

—Podrías llamar a ese tipo a su casa.

—No estoy tan desesperada —repuso Erin—. Y no me parece justo obligar a un empleado a sacrificar un día libre sólo por un capricho mío.

Mientras conducía, Joseph reflexionó sobre las contradicciones de su actitud. Por un lado se veía a sí misma como una propietaria responsable, obligada a no abusar de su autoridad. Por otro lado, sin embargo, parecía cuestionarse su derecho a recurrir a su propio patrimonio incluso para un pequeño adelanto. Y eso cuando poseía la mitad de las acciones de Marshall Company.

En cualquier caso, esa decisión le correspondía a ella, no a él. Y lo que ella necesitaba de su antiguo amigo era apoyo emocional y protección física.

—Bueno, si todavía no has decidido dónde quedarte, puedo llevarte a mi casa.

Erin no respondió.

—Si te parece bien —añadió él.

Seguía sin contestar. Lo único que hizo fue lanzarle una dulce y enigmática sonrisa...

—O podría dejarte en el centro comercial

—continuó Joseph con burlona solemnidad—. Teniendo en cuenta que es tuyo.

—Es un pensamiento tentador. Podría extender el saco de dormir en la sección del supermercado —le siguió la broma.

—¿Y bien?

—Me encantaría ir a tu casa, pero no quiero causarte molestias. Ni meterte en problemas. Has trabajado duro para llegar a donde has llegado.

No conocía los detalles, pero sospechaba los obstáculos que había tenido que superar para conseguir que lo aceptaran en la policía, para no hablar de su rápida promoción como inspector. Después de lo que le había sucedido a su padre, hubo gente que esperó y deseó su fracaso. Y tal vez todavía lo estuvieran esperando.

—Sólo será por este fin de semana —Joseph enfiló hacia la antigua autopista del lago, la ruta más directa para llegar al pueblo—. Está demasiado aislada como para que te quedes también la semana siguiente, mientras yo estoy trabajando.

—¿Dónde vives exactamente?

—En el bosque.

—Siempre decías que querías estar cerca de la naturaleza —recordó Erin—. Si no recuerdo mal, en algún momento incluso quisiste hacerte ranger forestal.

—Soy demasiado cabezota para eso.

Erin reflexionó sobre su respuesta.

—¿Quieres decir que si te hubieras hecho ranger y hubieras dejado el pueblo... la gente habría pensado que estabas huyendo?

—Exactamente.

—¿Y renunciaste a tu sueño para dejarle eso claro a los demás?

—Bueno, soy tozudo, pero no tanto. Me gusta la profesión de policía.

—Ah, por cierto, no tienes que convencerme de que eres un cabezota. Eso ya lo sabía.

—Supongo que lo dirás por mi comportamiento en los viejos tiempos...

Después de todo, se había gastado todos sus ahorros, duramente conseguidos cortando césped en otras casas, en películas y hamburguesas. Para no hablar de un par de trajes de etiqueta alquilados que a punto estuvieron de arruinarlo.

—Desde luego. Lo fuiste, excepto cuando rompimos —le recordó—. Yo quería que habláramos. Quería darle una oportunidad a lo nuestro. Pero tú te negaste, insististe en que no tenía arreglo...

—No me lo recuerdes. El pasado está muerto y enterrado, Erin. Si vas a quedarte en casa, tendremos que ponernos de acuerdo en eso.

No quería intimar demasiado con ella, aunque el simple hecho de estar tan cerca resultaba demasiado tentador. Hacía mucho tiempo que se había reconciliado con las injusticias de su pasado.

—De acuerdo —aceptó después de un largo silencio.

Se quedaron callados. Faltaban unos doce kilómetros para llegar al pueblo. El rítmico balanceo del coche, combinado con su propio cansancio, terminó por adormecerla. Un mechón suelto de su cabello castaño, largo hasta los hombros, se movía agitado por la brisa. Joseph intentó imaginarse su delicioso contacto contra su mejilla...

Era ridícula la sensación de naturalidad que estaba experimentando en aquel instante, a su lado, como si no hubiera pasado el tiempo... A esas alturas, lo lógico habría sido estar enamorado de otra mujer. Pero tras una cadena de relaciones frustradas, había atribuido sus fracasos a las exigencias de su trabajo como policía y a su incapacidad para confiar en la gente.

Volvió a concentrarse en la carretera. Cuando se internaron en el pueblo descubrió un lujoso sedán muy parecido al anterior, varios coches por detrás. Si los había seguido por la autopista, no se había dado cuenta. Hizo un par de giros y el coche desapareció. Suspiró aliviado.

Quizá se tratara de un vehículo distinto.

Pero en Little Creek Lane volvió a verlo. No se lo había imaginado. Los estaban siguiendo. Erin abrió los ojos de repente.

—¿Qué pasa?

—Creía que estabas dormida.

—Estaba dormitando. He sentido que acelerabas.

—Nos están siguiendo de nuevo —al ver que se disponía a incorporarse, le pidió que se quedara medio tumbada en el asiento. No esperaba que el tipo se pusiera a disparar, pero tampoco podía estar seguro de que no lo hiciera.

—¿Puedes ver quién es?

—Todavía no —Joseph reflexionó sobre las opciones que tenía. El otro coche no había infringido ninguna norma de tráfico, así que no podía denunciarlo. Lo más seguro habría sido detenerse en una gasolinera o en un lugar público, pero sólo había bosque a ambos lados de la carretera. Que, además, era demasiado estrecha para intentar un cambio de sentido.

Lo más gracioso de todo era que el coche le resultaba familiar. Aquel modelo en particular, aquel color beige... Lo único que sabía a ciencia cierta era que el tipo que estaba al volante no parecía tan alto y corpulento como Chet. Quizá se tratara de otro residente. Aunque las casas se encontraban lejos de la carretera, incluidas las cabañas de vacaciones, vacías en aquella época del año, era posible que viviera cerca. Pero pasaron por delante de un desvío, y otro más. Y el vehículo seguía sin girar.

Al final fue Joseph quien giró a la izquierda. Y el otro lo imitó.

—Parece que vamos a tener visita.

—¿No puedes llamar a alguien? —sugirió—. Los polis también llaman al teléfono de emergencias, ¿no?

—Claro. Y también podría usar la radio. Pero me he metido en una investigación contraviniendo órdenes explícitas de mi jefe, y tengo la sensación de que quien nos está siguiendo quiere decirnos algo al respecto. No estoy dispuesto a implicar al resto del departamento a no ser que las cosas se pongan verdaderamente feas.

—Entendido —repuso Erin—. Yo no quería causarte problemas...

—Si hay algún problema, ten por seguro que me lo he causado yo mismo.

Esperaba que su decisión de no pedir ayuda no la estuviera colocando en un riesgo innecesario. La carretera serpenteaba colina arriba, entre árboles. Estaban completamente aislados, así que hizo unos rápidos cálculos.

—Cuando lleguemos, será mejor que te escondas en la habitación. Tengo otra pistola allí, en un cajón de la mesilla.

—No me gustan las armas.

—¿Has disparado una alguna vez?

—Sí, mi padre me llevó a un campo de tiro en un par de ocasiones. Decía que necesitaba aprender a protegerme.

—Ten cuidado con el retroceso. Es una treinta y ocho.

—Me estás asustando.

—Cuando apague el motor, te entregaré las llaves. Son dos, una es del coche, la otra de la puerta de casa. Quédate agachada mientras yo te lo diga, luego corre hacia la casa. Puede que no te haya visto, así que nos beneficiaremos del factor sorpresa. El dormitorio es la primera puerta a la derecha.

—Gracias por haberme contado el plan. Ahora me siento más segura.

Parecía firme y decidida. Joseph respetaba enormemente a la gente capaz de conservar la cabeza en una situación de emergencia. Una vez en lo alto de la colina, la cabaña apareció a la vista. Había un claro de grava delante del edificio levantado con piedras y troncos, con el pequeño garaje adosado.

—Voy a detenerme delante del porche —meterse en el garaje habría sido más seguro, pero Erin también se habría expuesto más—.

No salgas hasta que yo te lo diga.

—Tranquilo.

Inesperadamente, el otro coche se acercó tanto que casi chocó contra el parachoques de Joseph. Por el espejo retrovisor, sus miradas se encontraron. Ahora sabía por qué le había resultado tan familiar. El hombre que estaba al volante era Edgar Norris.

A juzgar por su gesto furioso, estaba más que molesto de que su subordinado hubiera desobedecido sus órdenes. Pero eso no explicaba por qué había salido disparado de la boda para salir en su persecución. O por qué acababa de detenerse y salir del coche con la mano peligrosamente cerca de su arma.

Once años atrás, cuando era teniente, Norris había dirigido la investigación de un atraco con asesinato en la joyería de Binh Nguyen. Fue Norris quien tuvo en su mano las evidencias que incriminaron a Lewis Lowery y quien apoyó las acusaciones del fiscal durante el juicio. Joseph nunca le había caído bien, pero siempre lo había tratado con respeto. A cambio, él había concedido a su jefe el beneficio de la duda. Aunque estaba seguro de que su padre había sido acusado injustamente, había dado por supuesto que Norris se había equivocado, sin obrar de mala fe.

Ahora, sin embargo, se cuestionaba esa suposición. Y se preguntaba si su falta de cla-

rividencia no estaría a punto de costarle la
vida a Erin y a él mismo.

CAPÍTULO 5

Joseph se detuvo frente al porche.

—Acuérdate del plan —le dijo a Erin en voz baja.

—Descuida. ¿Quién es?

—El comisario.

—¿Por qué nos habrá seguido?

Desvió la mirada mientras Norris se acercaba, para que no los viera conversando.

—No lo sé. Parece bastante enfadado.

—No nos disparará, ¿verdad?

—Eso espero.

Después de entregarle las llaves a Erin, abrió la puerta y bajó para enfrentarse con su jefe. Era bastante más alto que él, pero a un hombre como Edgar Norris no podía medírsele por su tamaño. Su lenguaje corporal era lo que más impresionaba. En aquel momento descargó un puñetazo sobre el maletero del coche de Joseph.

—¿Qué diablos estabas haciendo tú en la habitación de Erin Marshall media hora antes de su boda?

—Sólo quería felicitar a una antigua amiga —respondió con tono firme.

—No me mientas —masculló—. Te dije que dejaras en paz el caso de Alice. Estás molestando a una de las principales familias del pueblo, y ahora, para colmo, has estropeado la boda del año.

—Necesitaba aclarar algunas cuestiones para mi informe. No esperaba descubrir, por ejemplo, que su prometido la había manipulado miserablemente.

—Nadie puede obligar a una mujer a ponerse un vestido de novia.

—Hay muchas maneras distintas de obligar a alguien a hacer algo.

—Veo que no tienes ni idea de las consecuencias que va a tener esto. La humillación a la que has sometido a Chet Dever perjudicará seriamente su campaña electoral.

—¿Y qué tiene que ver la campaña de Chet Dever con el departamento de policía de Sundown Valley, aparte del hecho de que su hijo sea asesor suyo? —le espetó Joseph.

No fue el comentario más inteligente que pudo haber hecho, dadas las circunstancias. Aunque su expresión se oscureció, Edgar Norris logró mantener el control.

—Estás mezclando tus sentimientos personales con el trabajo. Te has creado enemigos en todo el pueblo, has avergonzado a la fuerza pública y contravenido órdenes directas. A partir de este momento vuelves a patrullar.

—¡Espere un momento! —una medida así frenaría la promoción de Joseph en aquel departamento o, para el caso, en cualquier otro. Afortunadamente, sin embargo, los miembros de la policía tenían sus derechos—. Tengo derecho a impugnar esa decisión.

—Oh, te acusaré de más cosas si así me conviene. No hay problema —declaró, satisfecho—. Como, por ejemplo, de que ahora mismo me estás apuntando con un arma.

—¡Pero si no la he tocado!

—Es mi palabra contra la tuya. ¿A quién te parece que creerá la gente?

Para su sorpresa, la puerta del pasajero de Joseph se abrió de pronto. Y Erin se encaró directamente con Norris:

—Pues a mí me parece que me creerán a mí.

—Oh, señorita Marshall... no la había visto.

—Ya lo suponía —lo fulminó con la mirada.

—Este oficial ha desobedecido órdenes directas mías —declaró, recuperándose—. Tengo obligación de castigarlo.

—Lo que no entiendo es por qué lo ha acusado de haberlo apuntado con su pistola

cuando puedo ver que aún sigue en su sobaquera.

El comisario rechinó los dientes. No estaba acostumbrado a que lo desafiaran abiertamente, y Joseph sabía que se vengaría tarde o temprano.

—Cuentas con un permiso administrativo
por un mes, Lowery —pronunció al fin—.
Con sueldo —añadió, mirando a Erin—.
Tendrás que reflexionar sobre lo que has hecho. Y decidir si quieres respetar la cadena
de mando o buscarte un trabajo en otra parte. No tomaré ninguna acción contra ti a no
ser que me des más motivos para ello.

Dando por terminada la conversación, volvió a su coche. Encendió el motor, metió la
marcha atrás y se alejó en medio de una nube
de polvo.

Joseph suspiró aliviado. Estaba de permiso forzado. Había perdido el control de sus
casos actuales, incluido el de Alice Bolding.
Pero al menos no lo había mandado a patrullar de nuevo.

—¿He hecho más mal que bien? —inquirió
Erin.

—En absoluto. Gracias a ti he conseguido
un mes de vacaciones pagadas. ¿De qué me
puedo quejar?

Sacó su maleta y su saco de dormir mientras pensaba en las palabras de su jefe. Chet

Dever no era la única persona a la que había humillado aquel día. Para el lunes, todos y cada uno de los agentes de Sundown Valley sabrían que el hijo del más infame ex policía del pueblo lo había estropeado todo.

Erin encontró el interior de la cabaña mucho más cálido y luminoso de lo que había esperado. Desde fuera se había formado una imagen mental de varias habitaciones iguales, pero lo que Joseph le enseñó fue una única y amplia sala con una pared toda de cristal al fondo. El enorme ventanal daba a un patio de césped salpicado de flores. Detrás se podían ver las paredes de un pronunciado cañón y, al otro lado, una suave ladera boscosa. A la luz del atardecer, aquel paisaje quitaba el aliento.

La decoración interior estaba presidida por colores pastel, desde los modernos muebles hasta la estantería de libros que dividía la sala en dos espacios.

—Es fantástica... No me digas que la has decorado tú mismo.

—No toda. He tenido una asesora femenina. Mi madre.

—Por cierto, ¿cómo está?

—Terriblemente ocupada. Y feliz también, creo.

Metió su equipaje por una puerta que se

abría a la derecha. Su dormitorio, se dijo Erin, si no recordaba mal las instrucciones que antes le había dado. Tan pronto como se quedó sola, varias escenas de las últimas veinticuatro horas asaltaron su mente. Chet, todo prepotente y orgulloso. Lance avasallando a su madre. El comisario amenazando a Joseph. ¿Quién de ellos sería su enemigo? ¿Quién había querido matarla? «Otra vez te estás poniendo paranoica. Contrólate», se ordenó.

Cuadrando los hombros, siguió a Joseph al dormitorio. Evidentemente era el suyo: resultaba evidente por sus muebles sobrios, austeros. O por sus trofeos deportivos colgados en la pared. O por el aroma masculino que impregnaba el aire.

Había dejado sus cosas sobre la cama y estaba despejando el escritorio. Y se había quitado la chaqueta. La camisa blanca destacaba aún más sus anchas espaldas. La tentación de abrazarlo por detrás fue sencillamente abrumadora, pero tuvo que reprimirla.

—Yo puedo quedarme en el otro dormitorio.

—No hay más —Joseph sacó varios artículos de un cajón y los dejó sobre la cama—. El anterior propietario tiró el tabique de la habitación del fondo para ampliar el salón.

—Pues dormiré en el salón, entonces.

—No —su tono no admitía discusión—. Me resultará más fácil protegerte si yo me quedo allí. Por cierto, no abras la puerta a nadie ni respondas al teléfono. Cuanta menos gente sepa que estás aquí, mejor.

—No creo que a nadie se le ocurra atacarme aquí...

—Siempre hay un riesgo —apartó su ropa a un lado del armario—. Quiero que mantengas las persianas en todo momento cerradas, para que no puedan apuntarte.

—¿Apuntarme? ¿Con un rifle, quieres decir?

—Olvídate de que te lo he dicho.

¡Como si fuera posible! Erin se dejó caer en el borde de la cama, exhausta. Esa mañana se había despertado con la cabeza llena de planes de boda, con un luminoso futuro ante ella. Había estado soñando despierta, por supuesto.

—¿Asustada? —preguntó Joseph.

—Petrificada más bien. Tu último comentario no ha sido muy reconfortante.

—No estoy a tu lado para reconfortarte, sino para mantenerte viva —le dijo, acercándose.

—No me había dado cuenta de que te habías convertido en mi fiel guardaespaldas... —luchó contra el impulso de girar la cabeza y besarlo en los labios. Vio que se apartaba al

91

instante, como si él también hubiera experimentado el mismo impulso.

—Estar de permiso posee una ventaja. Como no tengo que ir a trabajar, no tendré que dejarte aquí sola.

—¿Quiere eso decir que podré quedarme también la semana que viene? —inquirió Erin con tono eufórico, para luego añadir, algo culpable—: Pero no te quitaré tu cama. Una vez que hable con Stanley, intentaré trasladarme a otro lugar...

—Si quieres, puedo pasarte el contacto de un servicio de alta seguridad —extendió una mano para recogerle un mechón detrás de la oreja—. O puedes quedarte aquí, si así lo prefieres.

Lo prefería. Desde luego.

—Sí. prefiero quedarme aquí contigo.

—Llevaremos la investigación juntos. Visto el comportamiento de Chet al precipitar la boda de esa manera, es evidente que están pasando cosas muy extrañas. Sea lo que sea, lo averiguaremos.

—Pero puede que te despidan —pensó en la amenaza de su comisario—. Contrataré un detective privado.

—¡Ni hablar! —exclamó, levantándose—. Tardaría días en ponerse en funcionamiento. Además, éste es mi caso. Contigo o sin ti, ya había decidido emplear mi tiempo en averiguar lo que está pasando. Y cuanto más empeño ponga el comisario en apartarme del mismo, más ganas me entrarán de descubrir lo que oculta.

—Ésta es mi batalla —insistió ella—. Y puede que no esté ocultando nada. Él siempre ha procurado ponerse del lado de mi familia.

Joseph agarró una silla y se sentó a horcajadas, frente a ella.

—Antes, ahí fuera, vi algo en la cara de mi jefe que me dejó petrificado. Cólera. El tipo de cólera que nace de un temor íntimo, secreto. Quiero saber por qué.

—¿De qué podría tener miedo el comisario?

—Fue él quien dirigió la investigación que acabó enviando a mi padre a la cárcel. ¿Y si no se limitó a hacer su trabajo? ¿Y si hizo algo en aquel entonces de lo que se avergüenza . . . y yo soy la única persona que puede sacarlo a la luz?

—¿Crees que él acusó injustamente a tu padre? —aunque Edgar Morris nunca le había caído bien, tampoco había dudado de su integridad—. ¿Y que eso de alguna manera tiene que ver con su oposición a que sigas investigando el accidente de Alice y el mío? —apoyó las manos en la cama, como si temiera perder el equilibrio. Las implicaciones de aquella posibilidad resultaban tan extravagantes como aterradoras.

—Supongo que suena descabellado —comentó Joseph.

—Y yo espero que lo sea —se dio cuenta de que le pesaban los párpados. Al parecer, la siesta en el coche no había logrado acabar con su cansancio—. Que el tipo tenga tan mal genio no lo convierte en un criminal.

—Tengo que admitir que Norris no necesita ninguna excusa para caerme mal. No es ningún secreto que no me quería en el departamento de policía. Supongo que pensó que de tal padre, tal hijo. Y con tu padre, lo mismo...

—¿Cómo? —aquellas palabras la dejaron helada—. ¿Estás diciendo que mi padre se opuso a que el departamento de policía te contratara? No puedo creerlo. Quiero decir que... eso fue unos seis años después del juicio del tuyo, ¿no? Y a ti mi padre nunca te culpó.

—No te olvides de que mi padre era empleado suyo. Fue como una traición.

—¿Qué te hace pensar que pudo tener algo personal contra ti?

—Rick escuchó una conversación entre el antiguo comisario y Norris acerca de mi solicitud para ingresar en el cuerpo. Eso fue cuando Norris todavía era capitán.

Erin recordaba que el comisario Manuel

Lima se había jubilado hacía tres años.

—¿Discutieron abiertamente sobre si contratarte o no?

—Rick estaba en un rincón de la sala de descanso, haciendo café. Según Norris, había estado tratando el tema de mi solicitud con tu padre, en el campo de golf, y él se oponía. Así que le pasó el asunto al comisario Lima.

—Tú siempre le caíste bien a mi padre —le aseguró ella—. Y eso que a los padres no suelen gustarles los hombres que salen con sus hijas... Además, entraste en el cuerpo de policía. Eso debería demostrar algo.

—Demuestra que el comisario Lima no se dejaba intimidar tanto por los poderes del pueblo como el propio Norris —repuso Joseph—. Saqué la nota máxima en las pruebas y él me dio una oportunidad. Mira, no sé por qué tu padre reaccionó así. Quizá juzgaba preferible que me trasladara a trabajar a otra población. Tal vez pensó que así me estaba haciendo un favor.

Erin se frotó las sienes.

—Perdona, creo que estoy un poco cansada. Y afectada. Detesto pensar que mi padre pudo haber hecho algo así.

Joseph se inclinó hacia delante y, por un momento, Erin pensó que iba a tocarla. Quería que la tocara. Quería que le hiciera desaparecer aquel dolor... Pero, en lugar de ello, dijo:

—Tienes razón. Te estoy exigiendo demasiado. Necesitas dormir —al ver que abría la boca para protestar, añadió—: No discutas. Por cierto, ¿cuándo ha sido la última vez que has comido?

—A mediodía, creo. Tomé una sopa en casa. Debería estar muerta de hambre.

—Puede que no lo sepas, pero soy un gran cocinero.

—¿Te refieres a los copos de chocolate con leche? —sonrió.

—Tu escepticismo me abruma. Te sorprenderé —bajó su maleta al suelo—. Tendré la cena preparada para cuando te levantes.

—Mientras sea comestible, me conformaré.

Una vez que Joseph se hubo marchado, se descalzó y se arrebujó bajo las mantas. Mientras su cuerpo se relajaba poco a poco, lamentó una vez más no poder recordar lo sucedido el día de su accidente. Si al menos pudiera describir al conductor de aquella furgoneta...

No lo recordaba, pero aquella mañana de sábado, mes y medio atrás, tenía que haberse despertado, vestido y marchado al carnaval. Obviamente debía de haber hablado con Bea en algún momento. A pesar de que nadie le había administrado anestesia alguna, tenía una enorme laguna en la memoria. ¿Por qué no recordaba haber dejado aquella caja de caudales en el suelo del aparcamiento? ¿Por qué no podía recordar absolutamente nada?

Chocolate. Y nueces. Una gruesa chocolatina. Casi la saboreó. Lo recordaba. Dudaba que tuviera algo que ver con aquel día, porque hacía mucho tiempo que había renunciado a esos caprichos de comida poco sana. Seguramente tendría que ver con las protestas de su estómago.

Pensando en la cena con que pretendía sorprenderla Joseph, se quedó dormida.

Joseph se dijo que ciertamente había exagerado sus talentos culinarios, pero tampoco eran tan malos, dadas las circunstancias. Sacó del armario una lata de judías y una caja de arroz mexicano. Con un poco de crema, queso gratinado y una ensalada, pasaría por una cena bastante aceptable. Ya de mayor le había pedido a su madre que le diera clases de cocina, pero ella se había negado. Estaba demasiado ocupada, según le explicó a modo de disculpa. Entre trabajar como secretaria de un despacho de abogados y su trabajo en el Centro de apoyo escolar, ni siquiera cocinaba para sí misma.

De todas formas, Suzanne siempre había sido una gran madre. Sin ella, Joseph jamás habría podido superar el impacto provocado por lo que le sucedió a su padre. Suzanne no se había amargado nunca, pese a la devastadora pérdida de su marido, que fue asesinado en prisión cuando intentaba mediar en una pelea. Había sobrevivido porque no había tenido otra opción. O quizá sí: sentar un buen ejemplo para su hijo.

Una noche, cuando Joseph contaba dieciocho años, un joyero llamado Binh Nguyen, que diseñaba y vendía joyas a una de las empresas de Marshall Company, había recibido un encargo de gemas por valor de dos millones y medio de dólares. Las había guardado en depósito, a la espera de pagarlas con sus ventas.

Aparte de la familia Nguyen, solamente el cuerpo de policía y el servicio de vigilancia de Marshall Company habían estado enterados del envío. Para mayor seguridad, Binh Nguyen había tomado la precaución de quedarse a dormir todas las noches en su tienda. Lo cual se demostró que fue un fatal error. Aquella noche alguien desconectó la alarma y se metió en el edificio. El ladrón disparó al joyero y se llevó el botín. Por la mañana, la policía lo encontró muerto. En un callejón cercano descubrieron a Lewis Lowery, con un alto grado de alcohol en la sangre y con una herida en la cabeza, que al parecer se había hecho al caer al suelo estando borracho.

Lewis declaró que había ido a la tienda para asegurarse de que todo estaba bien y que alguien lo había atacado. Atribuía su intoxicación a que alguien le había dado a beber alcohol estando inconsciente, pero el fiscal logró convencer al juez de que se había emborrachado la noche anterior. El vigilante del turno de noche, Alfonso Lorenz, testificó que Lewis le había ordenado que se saltara aquel turno. Había relatado una historia tan convincente como coherente, sin apartarse de ella en ningún momento.

Cuando la policía encontró al padre de Joseph en el callejón, llevaba una fotocopia de los planos de seguridad del edifico que incluían el código de la alarma. El arma asesina, abandonada en el escenario del crimen, presentaba sus huellas. El fiscal había argumentado que tras un inesperado enfrentamiento, Lewis había matado a Nguyen y a continuación se había sentido tan culpable que se había emborrachado hasta quedar inconsciente. Y que su móvil para el robo había sido el de dar una buena educación universitaria a su hijo.

Las joyas habían desaparecido. Sólo unas pocas fueron identificadas años más tarde: habían sido vendidas en Europa. Las pruebas y el testimonio de Lorenz habían bastado para convencer al jurado. Más tarde, Lorenz partió para una isla caribeña que carecía de tratado de extradición con los Estados Unidos. Aunque Joseph estaba convencido de que había estado mezclado en el crimen, dudaba que fuera lo suficientemente listo para haberlo planeado todo solo.

El otro sospechoso era un ladronzuelo llamado Todd Wilde que, unos días antes del crimen, había salido de una prisión del condado tras cumplir una condena. La policía lo había interrogado de manera rutinaria sin hallar ningún vínculo con el asesinato de Binh Nguyen. En internet, Joseph había descubierto que seis años atrás, Wilde había sido condenado en Los Ángeles por un robo de joyas. Como resultado había vuelto a prisión por una larga temporada.

Después de remover el arroz, fue a ver a Erin. Dormía con las mantas hasta la barbilla, la melena castaña derramada en la almohada. Se suponía que aquélla era su noche de bodas. Si no hubiera sido por su intervención, en aquel momento sería la esposa de Chet Dever. Una esposa traicionada y engañada. Joseph sabía que jamás se arrepentiría de lo que había hecho, aunque eso perjudicara a su carrera de policía. Pese a ello, se negaba a torturarse a sí mismo con ilusiones acerca de un hipotético futuro juntos. Aquella diadema y aquella gargantilla de diamantes se lo habían dicho todo. Él no pertenecía a aquel mundo, ni quería pertenecer. Mirando a Erin, deseó que ambos fueran solamente dos personas, o mejor, dos cuerpos que se excitaran mutuamente al menor contacto. Sólo dos personas sin prejuicios ni inhibiciones. Dos personas que podían volverse a enamorar.

Negándose a pensar en lo que podría haber sido y no fue, volvió a la cocina a echar un vistazo al arroz. Acababa de entrar cuando oyó el motor de un coche. Debido el eco del cañón cercano, resultaba imposible saber si se estaba acercando a la casa o no. Tras apagar el fuego, salió al porche. Allá abajo, a la izquierda, distinguió un sedán, posiblemente verde, avanzando por la carretera hacia la cabaña más cercana, la de su vecino inmediato. La vivienda, de alquiler, llevaba semanas vacía. Quizá el dueño había encontrado un nuevo inquilino.

En la cocina, sonó el teléfono. Mientras corría a contestar, se dio cuenta de que debería haber desconectado el aparato del dormitorio. Erin podía despertarse adormilada y responder por puro reflejo, olvidándose de lo que le había dicho antes. De hecho, eso fue precisamente lo que sucedió, porque oyó su voz una fracción de segundos antes de descolgar el teléfono:

—¿Diga?

Al otro lado de la línea, el autor de la llamada vaciló. Había alguien. Podía oírlo respirar. La llamada se cortó. Joseph colgó, pensativo. Si había sido su madre o algún amigo confundido al escuchar una voz femenina, el teléfono volvería a sonar. No fue así.

Podía haber sido cualquiera. Tal vez no existiera relación alguna entre el coche que se había acercado a la cabaña vecina y la llamada de teléfono. O quizá sí. Buscó el número del vecino y lo marcó. El propietario, contento de tener a un policía al lado, se lo había facilitado para que lo avisara en caso de que algún inquilino pudiera causar problemas. Le aseguró que ni había alquilado la cabaña ni había autorizado a nadie a usarla. Por supuesto, el coche siempre podría pertenecer a alguien que había visto el letrero de alquiler y se había acercado a leerlo.

Después de prometerle que lo mantendría informado, colgó. Inquieto, se dirigió al dormitorio. Quienquiera que hubiera llamado antes, ahora sabía que Erin estaba allí. Si eso significaba problemas... estaba preparado para hacerles frente.

Capítulo 6

Sólo cuando la llamada se cortó, se dio cuenta Erin de que no debería haber contestado el teléfono. Esperaba que fuera alguien que simplemente no hubiera tenido la decencia de disculparse por haberse equivocado de número. Todavía adormilada, se levantó, se alisó la ropa y buscó el cepillo en su bolso. Al meter la mano, encontró algo: una cadena. Se había llevado de casa de su madre el colgante con forma de medio corazón. Se preguntó por lo que pensaría Joseph al respecto si lo veía. Quizá se había olvidado completamente de él.

Guardó el colgante en un cajón y se cepilló el pelo. Luego se retocó el maquillaje y la pintura de labios. Incluso en las circunstancias más difíciles, Erin jamás descuidaba su apariencia. Era un efecto de la educación que había recibido, con su madre recordándole desde niña que una Marshall debía cuidar mucho su aspecto y mantener su dignidad.

Pensó que era una suerte que no la hubiera visto disfrazada de Santa Claus durante aquella legendaria escapada con Joseph.

Unos golpes en la puerta anunciaron su entrada.

—¿Por qué te sonríes? —le preguntó nada más verla.

—Oh, estaba recordando algo... —no quiso decirle lo que era.

—Esa llamada de teléfono...

—Cometí un error —volvió a guardarse el maquillaje en el bolso—. Me olvidé de que no debía contestar.

—Lo sé. No es culpa tuya, pero puede que tengamos un problema —miró por la ventana a través de las persianas—. Un coche acababa de aparcar frente a la cabaña del vecino, que supuestamente debería estar vacía.

—¿Qué podemos hacer? —preguntó, inquieta.

—Puede que se trate de un potencial arrendatario, pero voy a salir a echar un vistazo con los prismáticos. Enciérrate por favor en el cuarto de baño hasta que vuelva.

Pero Erin se negaba a refugiarse allí como si fuera un animal asustado. Ya había desperdiciado un mes culpándose a sí misma por sus vagas sospechas, cuando había tenido perfecto derecho a dudar de todo. El lugar de aterrorizarla, la situación la había puesto furiosa.

—Me quedaré dentro si quieres, pero estoy cansada de desempeñar el papel de víctima. Si alguien entra, me defenderé con la pistola.

—Veo que te estás poniendo muy batalladora... —sonrió.

—Tengo un buen maestro.

Joseph se asomó de nuevo a la ventana:

—No veo ningún movimiento. Si pasa algo raro, llama a emergencias y mantente alejada de la ventana. Las balas perdidas también matan —ya se disponía a marcharse cuando echó un último vistazo—. Oh, diablos.

—¿Qué? —el corazón le dio un vuelco en el pecho.

—Alguien está subiendo la colina a pie, desde la cabaña vecina.

Erin se asomó también. La ladera boscosa empezaba a oscurecerse, anunciando la inminencia de la noche. Al cabo de un momento detectó una figura subiendo por el camino.

—Me pregunto por qué no hará tomado el coche. Qué tipo tan extraño... —comentó Joseph—. Ha llegado a la altura de la carretera de entrada y continúa hacia la derecha, campo a través. Parece como si se hubiera perdido...

Recogió su sobaquera de una mesa y se la puso. Pulsó el interruptor que estaba al lado de la puerta para encender la luz del porche.

Atisbó por la mirilla.

—Aquí llega.

—¿Quién es?

—No lo sé. Echa un vistazo por la parte trasera, por favor. O ese tipo es completamente inofensivo o es un truco, en cuyo caso puede que necesitemos ayuda.

Erin se apresuró a obedecer. Escrutó la galería acristalada que daba a la terraza y al jardín, también iluminados.

—No veo nada...

De pronto sonó el timbre. Erin se encogió de miedo. Joseph le señaló un sillón de alto respaldo. Si se sentaba allí, de espaldas a la puerta, el visitante no la vería desde el porche.

Una vez que estuvo sentada, Joseph descorrió el cerrojo y abrió.

—¿Tiene problemas para encontrar la carretera?

Erin esperó a escuchar la respuesta del desconocido.

—No quería que nadie viera mi coche aparcado delante de su cabaña —respondió una voz familiar, levemente nasal.

Era Gene Norris. Su padre debía de haberle avisado de que estaba allí, pero... ¿qué diablos querría? Ciertamente no se trataba de una visita de cortesía. Aunque hacía años que lo conocía, jamás habían cruzado más de cuatro palabras seguidas.

—¿Se refiere a esos miles de personas que circulan diariamente por la carretera? ¿O quizá a las chismosas palomas de los árboles? —inquirió Joseph, irónico.

—Nunca se sabe quién puede dejarse caer por aquí —fue la tensa respuesta de Gene—. He venido a hablar de un asunto muy importante. ¿Dónde está Erin?

—¿Por qué?

—¿Qué quiere decir con eso de por qué? ¿Hay alguna razón por la que no pueda hablar con ella?

—Eso depende.

—¿De qué?

—Lo primero de todo: ¿llamó usted aquí hace un momento para luego colgar?

—Yo no colgué —explicó Gene—. La llamada se cortó. El servicio funciona muy mal por estos parajes.

—Así que ha aparcado el coche frente a la cabaña del vecino y se ha acercado hasta aquí caminando campo a través, como un furtivo. O un ladrón —Joseph no estaba dispuesto a rebajar el nivel de tensión. No era prudente. Así lo obligaría a explicarse.

—Necesito hablar con ella sobre Chet.

—¿Además de asesor electoral suyo... es usted su recadero?

—También soy su padrino de boda —le recordó—. No se preocupe, no voy a intentar convencerla de que vuelva con Chet. Eso le corresponde a él.

Erin decidió finalmente que, con Joseph al lado, la situación no revestía peligro alguno. Sin levantarse, giró la silla.

—Estoy aquí.

Vio que no se había quitado el esmoquin. Tenía una rodillera sucia de barro y una hoja en el pelo. Más bajo que Joseph, era de complexión delgada y carácter inquieto, nervioso. Muy inteligente, se había marchado a estudiar a la Universidad de Santa Bárbara, para después trabajar durante un tiempo como agente de bolsa con Chet.

Su gran oportunidad llegó cuando se ofreció a trabajar de voluntario en la campaña electoral de un congresista y fue inmediatamente contratado. Al cabo de un tiempo volvió a Sundown Valley para colaborar con su antiguo asociado y ayudarlo a promocionarse como candidato.

—Tengo que pedirle algo.

—¿De su parte o de la de Chet?

—De los dos.

—Lo escucho —repuso Erin, sin levantarse del sillón.

—Chet quiere que su familia convoque una rueda de prensa para informar de que ha sufrido una recaída y de que por eso se pospuso la boda.

—¿Pospuso, dice?

—Sí. De manera indefinida.

—¿Y espera usted que los periodistas se traguen eso y se olviden tranquilamente del asunto? —Erin no pudo disimular su escepticismo.

Gene, sin embargo, tenía una respuesta rápida:

—En la rueda de prensa se explicará que su intención había sido celebrar la boda antes de que la campaña electoral entrara en su apogeo, pero que la recaída se lo impidió. Y que Chet no quiere exponerla al estrés de las elecciones, de modo que la ceremonia se pospondrá hasta marzo como muy pronto. Para entonces, todo este asunto ya será historia y usted podrá cancelar abiertamente su compromiso.

Erin vio que Joseph arqueaba las cejas, como si no estuviera muy convencido de la necesidad de recurrir a aquella artimaña. Ella tampoco. Si Chet había ido hasta allí para mantener el contacto con ella o tenerla pendiente de sus decisiones, no quería formar parte de aquello.

—Necesito tener la absoluta seguridad de que me dejará en paz. Y sola. No voy a casarme con él.

—¿Es que no lo comprende? No se trata de

que lo haya dejado plantado en el altar: se trata de proteger al candidato electoral de un ridículo semejante —empezó a pasear por la habitación, gesticulando—. Seremos el hazmerreír de todo el mundo...

En eso tenía razón. Erin quería cortar toda relación con Chet y seguía resentida con él por haberla manipulado, pero no era una mujer vengativa.

—De acuerdo.

Gene se volvió hacia ella, vacilante:

—¿Entonces acepta? ¿Así, sin más?

—Erin, ¿estás segura de lo que estás haciendo? —le preguntó Joseph, moviendo la cabeza.

—¡Usted no se meta en esto! —estalló Gene, cerrando los puños a los costados.

Ignorándolo, Joseph continuó hablando con Erin:

—Entiendo que no quieras avergonzar más a Chet, pero si aceptas lo que te propone seguirás comprometida con él, al menos de manera formal. Y como prometida suya, podría encontrar maneras de presionarte. Gene puede decirte lo que quiera, pero dudo que Chet haya renunciado a casarse contigo.

Erin esperó una reacción violenta por parte de su visitante. Pero, en lugar de ello y para su asombro, comentó reacio:

—Supongo que él tiene razón. Francamente, en eso discrepo con Chet.

—Me alegra saberlo —repuso ella.

—En mi opinión, si no quiere casarse con él, Chet está perdiendo el tiempo y debería olvidarse del asunto. Él dice que está enamorado, pero el amor es una carretera de doble dirección. Ah, y no necesita para nada su dinero, si es eso lo que está pensando.

—Ya. Los políticos nunca necesitan dinero —ironizó Joseph.

—Chet Dever no es un político, sino un hombre de Estado —replicó Gene como si estuviera haciendo un discurso de campaña—. Ha reunido apoyos entre toda la población, incluidos los Bolding. Y recaudado fondos más que suficientes para las elecciones.

—No nació rico. Según los periódicos, su padre posee una librería en Los Ángeles...

—Son tres —lo corrigió Erin. Chet la había llevado a cenar con sus padres en una ocasión y ella se había enterado de numerosos detalles. El matrimonio no había dejado de alardear de su hijo.

—Y en cuanto al origen de su fortuna actual, es un verdadero mago de las finanzas —insistió Gene—. Se licenció en la universidad de Los Ángeles con sólo veinte años y acabó un máster en administración de empresas a los veintidós. Cuando yo lo conocí, era el mejor agente de bolsa de la historia. Francamente, creo que dio un paso atrás cuando entró a trabajar para Andrew Marshall, pero él al menos reconoció su valía y tuvo el acierto de nombrarlo director ejecutivo.

—Reconozco que está bien situado, pero . . . ¿acaso las campañas electorales no cuestan millones? —Joseph seguía dudando de lo que decía.

—Sí. Incluso una modesta candidatura al Congreso no es barata. Pero Chet ha hecho cuantiosas inversiones durante los últimos años.

—¿Lo sabe a ciencia cierta o solamente se fía de él?

—¿Qué es lo que cree que ha hecho? ¿Robar un banco? Por supuesto que me fío de él.

A Erin volvía a dolerle la cabeza. Estaba cansada de hablar de dinero, de Chet, de bodas y de elecciones. El hecho de que no hubiera comido en todo el día tampoco la ayudaba en nada.

—Bueno, pues puede utilizar sus fondos de la manera que le apetezca, siempre y cuando no me involucre a mí.

—Eso será difícil —señaló Gene—. Es posible que tenga que repetir la historia del retraso de la boda si algún periodista se lo pregunta. De todas formas, espero que eso no suceda.

—Dada la buena disposición que hacia usted ha demostrado la señorita Marshall...
—intervino Joseph—... creo que lo justo sería satisfacer las peticiones que ella pueda hacerle, ¿no le parece?

—No esperaba conseguirlo gratis —Gene se cruzó de brazos—. Adelante.

En aquel momento a Erin no se le ocurría más que una demanda: que la dejara en paz. Hasta que pensó en algo.

—¡Mi madre! Chet podrá conseguir que yo pueda verla cuando Lance no esté cerca.

—Estoy seguro de que hará todo lo posible —aceptó Gene—. En realidad, daba por hecho que estaría muy preocupada por ella. Y estaba decidido a ayudarla con indiferencia de que usted se dignase aceptar su propuesta o no.

Erin suspiró aliviada.

—Dele las gracias de mi parte.

—Lo haré.

—Me pondré en contacto con Chet después —le aseguró Erin. En ese momento, con aquel dolor de cabeza, no podía ocuparse de nada.

—Yo tengo otra petición —terció Joseph.

—¿Sí? —Gene lo miró desconfiado.

—No se preocupe. Lo único que quiero es su opinión.

—Usted dirá.

—Pese a lo pueda pensar su padre, yo estoy convencido de que tanto Erin como su madre corren peligro —afirmó Joseph—. ¿Sabe de alguien que pueda querer hacerles daño?

—No. Si lo supiera, se lo diría —se apresuró a responder Gene—. Le aseguro que no tiene motivo alguno para sospechar de Chet. Él jamás le haría ningún daño a Erin. Aunque manipuló el compromiso, sus sentimientos son sinceros.

Joseph no parecía del todo contento, pero asintió con la cabeza.

—Bueno, el trato está hecho, ¿no? —dijo Erin.

—Quiero que entiendan una cosa —añadió Gene—. Me alegro de que hayamos alcanzado este acuerdo, pero si ustedes no lo cumplieran, haría cualquier cosa por Chet. Su carrera es ahora la mía. Formar parte de su equipo es lo mejor que me ha sucedido nunca, y pienso ayudarlo a llegar hasta Washington. Quizá incluso a la Casa Blanca.

—De falta de ambición no se les podrá acusar... —comentó Joseph.

—Cierto —el hermano de Tina se frotó la barbilla, pensativo—. Por lo demás, no hace falta recordarles que la conversación que acabamos de tener es estrictamente confidencial.

—Conforme. Por cierto, si vuelve alguna

vez por aquí, espero que lo haga por la carretera de entrada. Si vuelve a acercarse de esa manera, se expondrá a recibir un tiro.

—No volverá a pasar. Pero debía andarme con cuidado. Estaremos en contacto —y se marchó.

Una vez a solas, Joseph le comentó a Erin:

—¿Te imaginas como estará ese esmoquin cuando termine de bajar la colina campo a través? Al dueño de la tienda de alquiler le dará un ataque cuando lo vea.

—Seguro que es suyo —repuso Erin—. Tendrá unos cuantos.

Entraron en la cocina, donde Joseph terminó de preparar la cena. Comieron en la mesa redonda del salón. La comida estaba fantástica, y el dolor de cabeza de Erin se atenuó un tanto. Se sentía muy cómoda allí, en aquella casa tan hermosa...

Le sorprendía que hubiera escogido una casa con un solo dormitorio. ¿Acaso no pensaba casarse y tener hijos? Debía de tener unos veintiocho años. Se preguntó por qué no había encontrado a la mujer adecuada. Y se negaba a aceptar la respuesta que más la tentaba...

Joseph Lowery no podía haber cargado con el recuerdo de Erin durante todos aquellos años. Lo demostraba que nunca hubiera intentado visitarla, hasta que se vio obligado a hacerlo por necesidad profesional. El mar que se había abierto entre ellos once años atrás no había hecho otra cosa que ensancharse con el tiempo. Estaba bien que se hubieran reencontrado, pero no cabía hacerse ilusiones. Sólo se había erigido en su guardaespaldas, como había señalado Gene. Nada más.

—Dime una cosa —le dijo él—. ¿Sabías que Chet tenía tanto dinero?

—No —admitió—. Nunca hemos hablado de negocios.

—¿No le propusiste o te propuso firmar un acuerdo prenupcial?

—No. ¿Sabes? No puedo evitarlo, me siento un poco inquieta —las cortinas echadas la deprimían. Le recordaban demasiado a la casa de su madre.

—Tengo una idea —después de dejar los platos en el fregadero, sacó dos edredones de un armario—. Quédate aquí.

Apagó las luces del interior y del exterior de la casa y desapareció por la puerta trasera.

—Ya puedes salir ahora —le dijo, asomando la cabeza.

—¿Qué es esto? ¿Se trata de algún extraño ritual?

—Yo lo llamo «hacer desaparecer el mundo». Y nosotros desaparecemos con él.

En la terraza trasera, Erin vio que había apartado las sillas para extender un edredón sobre el entablado. Joseph se sentó encima y recogió el otro.

—Vamos, vente.

Se sentó a su lado, deleitada. Con el otro edredón hicieron una especie de tienda, que sólo dejaba al descubierto sus rostros. Detrás de la barandilla y de la fila de árboles, el cielo estaba salpicado de estrellas.

—Es estupendo —comentó ella.

—¿Te acuerdas de la noche que hicimos una fogata y nos la pasamos contando historias de miedo?

—Me diste un susto tanto grande...

—¿Con alguna historia en particular?

—Una acerca de unos dedos largos y finos, como de hielo... ¡Ni se te ocurra volvérmela a contar!

—No lo haré —se echó a reír—. Te lo prometo.

—¡Qué tiempos!

—Y que lo digas —habían vivido docenas de aventuras, disfrutando intensamente de los placeres más sencillos.

Se conocieron cuando ella era estudiante de primer curso en el instituto de Sundown Valley y él de segundo. Se habían sentido atraídos desde el principio, pero ninguno de los dos se había atrevido, por timidez, a dirigirse al otro. Por supuesto, Erin sabía que su padre trabajaba para el suyo. Su primer encuentro se produjo cuando ella se olvidó el paraguas en casa. A la salida de una clase, Joseph la vio caminando bajo la lluvia, la alcanzó y la acompañó galantemente hasta el autobús.

Una vez en el vehículo, se sentaron juntos. Al principio sólo hablaron de las clases, pero con el tiempo las conversaciones se tornaron mucho más íntimas e intensas. Más de una vez Joseph, que tenía que bajarse antes, se pasó de parada. Pero no parecía importarle. Muy pronto se sentaron juntos también en el comedor. Para la primavera, él la invitó a ver alguna película y a cenar fuera. Se mostraba siempre tierno, amable y solícito, sin presionarla en absoluto en cuestiones de sexo.

Hasta que una noche, durante su último año, sentados en el asiento trasero del coche del padre de Joseph, Erin creyó que no podría aguantarlo más. La atracción era demasiado grande. Él, sin embargo, se contuvo. Y la llevó a su casa.

—Sé que quieres hacerlo, pero todavía no estás preparada —le había dicho—. Tenemos tiempo de sobra.

No lo tuvieron. Durante aquel curso, su padre fue detenido. Los demás chicos, incómodos con la situación, empezaron a rehuirlo. No le ayudó que todo el mundo supiera que Lewis Lowery trabajaba para Andrew Marshall.

Joseph le comunicó un día que dejaría de ir a buscarla a su casa. Se volvió extremadamente susceptible. Cualquier gesto de sus compañeros, intencional o no, lo interpretaba como un desaire. A consecuencia de una pelea, fue expulsado del equipo del instituto junto con su oponente. Huraño, sombrío, receloso, se convirtió en un joven irritable y distante, incluso con ella.

—Tengo la impresión de que estás recordando demasiadas cosas —comentó, sacándola de sus reflexiones.

—Tienes razón —asintió—. Y es extraño, teniendo en cuenta que me he olvidado del día que tan desesperadamente quiero evocar.

—Puede que te vuelva...

—Pero al menos no me he olvidado de los momentos de felicidad.

Se levantó una fuerte brisa y Erin se le acercó más. Le encantaba escuchar el rumor de su respiración y la leve caricia de su pelo. Joseph debió sentir lo mismo, porque acercó el rostro al suyo y le rodeó los hombros con un brazo. Al cabo de una ligera vacilación, sus labios se encontraron en un largo y dulce beso.

Erin volvió a sentirse aturdida, pero esa vez no le importó. En absoluto.

CAPÍTULO 7

Joseph experimentó un profundo anhelo mezclado con una exquisita ternura. El gozo con que los labios de Erin se fundieron con los suyos era lo bastante elocuente. Por debajo del edredón, se acariciaron ávida y precipitadamente, como si quisieran borrar aquellos años de separación en unos pocos minutos.

Erin intentaba desabrocharle los botones de la camisa mientras él le subía el suéter y el sostén. Cuando se inclinó para lamerle cada pezón, la oyó soltar un grito de placer. Ansiaba terminar de desnudarla. Sabía lo que seguiría después: no había pasado los diez últimos años de su vida en un monasterio. Pero ni podía ni debía apresurarse. Erin se merecía algo mejor.

Aun así ella lo urgió a continuar, sembrándole el cuello de besos. Cuando Joseph cambió de posición, se tumbó sobre él y le acarició el pecho desnudo con los senos. Aquel gesto tan íntimo amenazó con destruir su capacidad de control.

Quería que le hiciera el amor. Joseph lo supo sin ninguna duda, como lo había sabido años atrás. Esa vez, sin embargo, no quería refrenarse. Ya no eran unos niños. Ambos sabían perfectamente lo que estaban haciendo.

Le desabrochó los vaqueros y se los bajó por las caderas. Acto seguido la tomó de las nalgas, apretándola contra su excitación. Pero el edredón se deslizó hacia abajo. Y el frío de la brisa lo cortó como si fuera una advertencia.

—Estás tomando la píldora, ¿no? —murmuró.

—¿Qué?

—La píldora —repitió con voz ronca.

—No —fue su reacia respuesta.

—¿No tienes ningún otro sistema de protección? —había transcurrido mucho tiempo desde la última vez que él había necesitado alguno, pero tal vez ella llevara en el bolso...

—No he pensado en ello.

Joseph se quedó paralizado, intentando reflexionar sobre la situación.

—Se suponía que ésta iba a ser tu noche de bodas, ¿no? Seguro que los dos... Bueno, quiero decir que seguro que Chet y tú ya...

—no terminó la frase, porque no le agradaba

nada imaginárselos a los dos juntos.

—No —susurró Erin.

—¿No qué?

—Yo nunca... —le brillaban los ojos a la luz de la luna—. Yo nunca me acosté con él.

En cierto modo era un alivio. Y también una noticia inesperada.

—¿Me estás diciendo que eres virgen?

—Bueno, sí —al cabo de una pausa, añadió—: Peor que eso, soy una virgen que no he tomado precauciones. Aunque tú tampoco, ¿verdad?

—No, lo siento —se sentó mientras se abrochaba la camisa con dedos torpes. Se alegraba de que el edredón le llegara hasta la cintura—. Estupendo. Sencillamente estupendo.

Erin volvió ponerse los vaqueros.

—Bueno, era estupendo hasta hace un momento...

Enfriado de golpe su ardor, el buen juicio de Joseph se impuso de nuevo.

—Es lo mejor. No estás en condiciones de dar un paso como el que hemos estado a punto de dar.

—Puede que no esté pensando con mucha claridad, pero en esta ocasión en particular, habría preferido que tú tampoco lo estuvieras haciendo.

—Esta situación me suena... —repuso

él—. Hice bien al esperar cuando éramos unos críos, ¿o no?

—Supongo que sí —no parecía muy convencida.

—Por nada del mundo me habría arriesgado a meterte en problemas...

—¡Pues me diste bastantes!

—¿Como cuáles?

—¿Te acuerdas de cuando perdimos deliberadamente el autobús para poder quedarnos más tiempo en el centro comercial? —en aquella ocasión había tenido que volver a casa andando—. ¡Mi madre por poco llamó a los marines al ver que me retrasaba!

Habían tenido una discusión con los vigilantes de seguridad cuando vieron a la hija de Andrew Marshall en compañía de Joseph. Poco faltó para que se lo llevaran detenido hasta que ella los convenció de que no la había secuestrado.

Tuvo suerte de que sus padres no le prohibieran seguir viéndolo. Según Erin, su padre se había plantado ante su madre, señalándole que aquella relación era puramente inocente. En aquel momento estaba intentando bajarse el suéter, que se le había enredado.

—¿Quieres ayudarme con esto?

Su primera reacción reveló la mejor de las disposiciones, tentado de volverla a tocar. Podrían empezar de nuevo con pequeños y leves besos... Pero no tardó en recuperarse: ¿acaso había perdido el juicio? Ya no eran niños para andar jugando.

—Supongo que estarás de broma —intentó adoptar un tono ligero.

—Sólo quería asegurarme de que ibas en serio... —terminó de vestirse sin su ayuda.

—¡Eres una seductora profesional! —bromeó.

—La verdad es que estoy un poquito... animada —repuso—. Aunque tengo que admitir que también estoy empezando a tener bastante frío...

—Vamos dentro. Prepararé un chocolate caliente.

—Buena idea

Recogieron los edredones antes de sentarse ante la pequeña mesa de la cocina. Mientras saboreaban el chocolate, Joseph volvió a sacar el tema que tanto lo inquietaba.

—No dejo de preguntarme de dónde habrá sacado Chet todo ese dinero.

—De inversiones, según Gene.

—Se necesita dinero para hacer dinero —señaló Joseph—. ¿De dónde puede haber sacado el primer capital de inversión?

—Su salario en Marshall Company tiene seis dígitos.

—Pero no pudo haberse hecho rico tan rápidamente. Habría necesito una inyección continuada de dinero para sus inversiones.

—¿Adónde quieres ir a parar?

Joseph dudó antes de expresar su idea. Era, tenía que admitirlo, poco plausible, quizá incluso descabellada. Pero ese día no había dejado de pensar en lo que le sucedió a su padre.

—¿Cuándo llegó Chet a Sundown Valley?

—Hace unos diez años, creo —Erin frunció el ceño—. Pasó cinco años trabajando como agente de bolsa en H&B Financial y cinco trabajando para nosotros.

—¿Y antes de eso?

—Sacó al máster de la Universidad de los Ángeles.

—¿En qué año?

Erin entrecerró los ojos, recordando.

—Estoy intentando visualizar su currículum... ¡Ya lo tengo! —le dio la fecha. Habían pasado once años.

—¿Estás segura? ¿No te habrás equivocado de fecha?

—Estuvo un año fuera, viajando por Europa. Quería disfrutar de un poco de libertad antes de empezar a fondo con su carrera. Me dijo que se lo pagó con dinero que había ahorrado con pequeños trabajos de verano y clases particulares.

—¿Te enseñó alguna foto? Ya sabes, la típica imagen delante de la Torre Eiffel y ese tipo de cosas...

—No, y yo tampoco le pedí que me las enseñara... Espera un poco. Sí que me puso algunos CDs que había comprado allí.

—Quizá sólo estuvo en Europa unos pocos meses —especuló Joseph—. De esa manera tenía las espaldas cubiertas.

—¿Qué quieres decir?

—Probablemente sea una locura, pero... Hace once años, alguien robó dos millones y medio de dólares en joyas e hizo que pareciera que el autor había sido mi padre. Es mucho dinero, aun cuando en el mercado negro no hubiera podido venderlas en todo su valor...

—¡Oh, vamos! ¿Crees que un tipo con un máster en administración de empresas arriesgaría un futuro brillante para juntarse con una banda de delincuentes y cometer un robo?

—La gente hace cosas muy estúpidas.

—Chet no es un delincuente y, además, ¿cómo habría sabido dónde y cuándo efectuar el robo? Él no tenía ningún contacto aquí. Venga, Joseph, me encantaría que el nombre de tu padre quedase finalmente limpio de toda sospecha, pero esto es absurdo.

Joseph, sin embargo, no parecía dispuesto a renunciar.

—Chet debía de conocer a alguien en la población...

—Mira, Gene es su asesor electoral. Seguro que ha exagerado un poco cuando nos explicó lo rico que era.

—Según Gene, tu madre y tu padrastro han contribuido a la campaña electoral de Chet. ¿Y si Chet y Lance están conchabados de alguna mera? Ambos son de Los Ángeles. Lo mismo se conocían de antes.

—Lance es bastante mayor que él —comentó Erin, soñolienta. Le aburría la conversación.

Joseph sabía que Lance había sido dueño de una empresa de vídeo que había quebrado poco antes de que conociera a Alice.

—Imagínate por un momento que ambos se conocieron en algún seminario o congreso de la universidad de Los Ángeles y mantuvieron el contacto. Chet tenía que saber que tu madre estaba en ese crucero, y pudo habérselo dicho a Lance. La boda con una viuda rica que al mismo tiempo era la jefa de Chet pudo haberlos beneficiado a los dos.

—Suena a una de esas absurdas teorías de la conspiración —comentó Erin—. Además, no tiene sentido. Quiero decir, si hubo algún complot de esas dimensiones, la agresión de la que yo fui víctima tuvo que formar parte del mismo, ¿no? Hace mes y medio, Chet no tenía ninguna razón para desear matarme. Yo todavía no lo había rechazado, ¿recuerdas?

Joseph intentó objetar algo, pero no se le ocurrió nada.

—Me temo que tienes razón.

Erin ahogó un bostezo.

—Estás siendo demasiado duro con Chet. Según tu hipótesis, se puso de acuerdo con Lance y culpó de manera injusta a tu padre del robo. Quizá también estuvo detrás del asesinato de Kennedy...

—¡De acuerdo, de acuerdo! —alzó las manos—. Me rindo.

—Nos hemos desviado del tema de lo que le pasó a tu padre.

—¿De veras? —ya no se acordaba de cómo había empezado la conversación.

—Estoy segura de que algo debiste de investigar al respecto durante todo este tiempo. ¿Encontraste algún sospechoso?

—Un par, pero con poca sustancia —Joseph le habló de Alfonso Lorenz, el vigilante que testificó en el juicio y poco después abandonó el país. Y de Todd Wilde, el ladrón que más tarde ingresaría en prisión—. Es posible que urdieran el plan entre los dos. Lorenz pudo haberse enterado de las joyas que recibió Nguyen. Aun así, yo he pensado siempre que tuvieron que haber recibido ayuda de alguien mucho más inteligente que ellos.

—¿Por qué?

—Se libraron endosándole el crimen a un antiguo policía. Se necesita mucha inteligencia para eso.

Erin no pudo evitar llevarse una mano a la boca para disimular otro bostezo.

—Has tenido un día muy duro. Acuéstate.

—Es lo que voy a hacer ahora mismo.

—Que duermas bien, entonces.

—Tú también —dejó su taza en el fregadero y se dirigió al dormitorio.

Minutos después Joseph oyó el sonido del agua corriendo en el cuarto de baño y reflexionó sobre lo irónico de la situación. Aquella misma mañana se había preparado para hacerse a la idea de que Erin iba a casarse con otro hombre. Y allí estaba ahora, instalada tranquilamente en su casa. ¿Quién lo habría imaginado?

Se había pasado por el club de campo cuando se le ocurrió que aquella podría ser su última oportunidad de interrogarla con libertad, sin interferencias ni intromisiones. Y también había querido verla por última vez antes de que se convirtiera en la señora Dever. No había esperado sacar nada en limpio. Ni estropear nada.

Y todavía menos sorprenderse a sí mismo a punto de hacer el amor con ella. Todavía podía oler su delicioso aroma. Sentir la suavidad de su piel, el delicado roce de su pelo en la mejilla. Desde el cuarto de baño le llegó un rumor de ropa: debía de estar quitándose los vaqueros. Se alzaría el suéter, se desabrocharía el sujetador...

Volvió a excitarse. Ansiaba borrar cualquier efecto o impresión que Chet hubiera dejado en ella, borrar la huella de sus labios en los suyos. Y sustituirla por una experiencia tan intensa que se impusiera a todo recuerdo. «Claro, precisamente eso es lo que ella necesita», pensó, irónico. «Una tórrida relación que no la lleve a ninguna parte». Años atrás se había considerado el hombre adecuado para Erin. En cierta forma, seguía pensando así, pero no por ello se engañaba. En un matrimonio, las dos personas tenían que compartir vidas y objetivos. Y ninguno de los dos podía encajar en el futuro del otro.

A un policía siempre le resultaba difícil mantener una relación conyugal. Erin, por su parte, se enfrentaba a las pesadas responsabilidades que se derivaban de su inmensa fortuna. La batalla que estaba librando en aquellos momentos, según sospechaba Joseph, tenía que ver con el control de Marshall Company... y tal vez ella fuera simplemente la primera de una larga lista. Erin necesitaba un marido que supiera moverse en aquel círculo y que compartiera similares intereses a los suyos. El matrimonio acabaría por separarlos, dejándolos con una sensación de fracaso.

Esforzándose por pensar en otra cosa, recogió su cuaderno y se fue al salón. El trabajo era la mejor manera de olvidarse de Erin. Puso por escrito todo aquello de lo que habían hablado aquella tarde, a la busca de algún dato fundamental. Por muy tentadora que resultara su hipótesis, no había dato concluyente alguno que conectara el robo con asesinato de la joyería con los últimos acontecimientos. En cuanto a los sospechosos accidentes de Erin y de su madre tampoco había descubierto ninguna evidencia.

Al día siguiente, con la ayuda de Erin, descubriría con quién tenía que hablar y diseñaría una estrategia de acercamiento. El comisario le había dado un mes de permiso sin suspensión de sueldo. Y pensaba ganarse a pulso cada céntimo.

La despertó el timbre del teléfono. Justo a tiempo recordó que no debía contestar. El aparato seguía sonando, insistente. Aturdida, se dio cuenta de que era su móvil, no la línea fija. Lo buscó a tientas y descolgó.

—¿Diga?

—¿Erin? —la voz femenina le resultó inmediatamente familiar.

—¿Sí?

—Soy Jean Van Fleet. Perdona por llamarte un domingo por la mañana, pero tengo que hablar contigo en seguida.

Era la mejor amiga de su madre. Era extraño. No había recibido noticia alguna de ella durante el último mes, y eso que figuraba en la lista de invitados a la ceremonia.

—Siento mucho lo de ayer, me refiero a lo de la boda...

—Afortunadamente tus obligaciones hacia los invitados no te exigen casarte con el hombre inadecuado —repuso Jean—. He leído en los periódicos que tu familia afirma que has sufrido una recaída. Es una buena historia, pero difícilmente creíble. ¿Te has quedado en casa de tu madre?

—No —Erin decidió no facilitarle más datos hasta haberse enterado de la razón de su llamada.

—Bien. No quiero que Alice se entere de esta conversación. Y tendrá que ser en persona. Tengo algunas cosas que decirte, y no es algo que pueda tratarse por teléfono...

—Yo no sé cuándo...

—Mi marido está en un congreso de médicos y no pienso ir a misa esta mañana, así que podrás pasarte por aquí tan pronto como me vista.

Era una orden, no una petición. En eso Jean y Alice se parecían mucho. Pero a Erin le habían entrado ganas de escuchar lo que tenía que decirle.

—Estaré allí lo antes posible. Una hora, más o menos. Iré con alguien.

—¿Quién?

—Joseph Lowery —no tuvo necesidad de explicarle nada. Jean no podía haberse olvidado de su historia de amor con el chico más díscolo de la población.

—Es un asunto privado...

—No puedo conducir hasta nueva orden del médico, debido a la herida de la cabeza. Por cierto, es posible que no se tratara de un accidente...

—¿Quieres decir que alguien te atropelló de manera deliberada?

—No estamos seguros. En cualquier caso, me siento más segura con Joseph.

—Muy bien. Te veré en una hora —se despidió.

Supuestamente debería haber hablado con Joseph antes de hacer planes. Pero sospechaba que lo que tenía que decirle Jean Van Fleet era demasiado importante...

El camino de subida a la mansión de los Van Fleet, antigua residencia de los Marshall, no pudo menos que evocarle los turbulentos pero felices años de su infancia y adolescencia. Casi esperaba ver a su padre aguardándola en la puerta.

Pasaron por delante del jardín de rosas cuyo diseño, al igual que la casa, había supervisado personalmente Andrew. Los rosales estaban en flor. En lo alto, la mansión brillaba como una perla a la luz de la mañana. Las esbeltas columnas del porche daban un toque de griega distinción a su soberbia arquitectura.

Jean Van Fleet salió a recibirlos, con su cabello plateado exquisitamente peinado, como siempre. Vestía una falda y una blusa de seda que resaltaba su esbelta figura.

—Hace un día tan bueno que pensé que estaríamos mejor en la terraza —sugirió nada más saludarlos.

—Me encantaría.

—Como podrás observar, no hemos cambiado casi nada.

Sus pasos resonaron en el vestíbulo de mármol. Pasaron por delante de un estanque con una fuente de estilo clásico.

—Esta casa no podía estar en mejores manos —comentó Erin con una sonrisa.

Salieron a una terraza de madera llena de mesas y sillas de hierro forjado. Abajo, al otro lado de un seto de helechos, la piscina en forma de media luna, que desaparecía en una enramada bajo la cual una vez Erin había besado a Joseph. Detrás se podía disfrutar de una espectacular vista del club de campo y de los campos de golf, con el lago Sundown al fondo. Jean sirvió los cafés y abordó directamente el asunto:

—Ayer me quedé impresionada cuando vi a tu madre. Está tan cambiada... Erin, debe de estar enferma.

—Ha perdido peso —Erin bajó su taza de café—. Ha sufrido varios ataques de bronquitis desde que se cayó al lago.

—Espero que solamente sea eso. Parecía... no sé. La verdad es que estoy muy afectada.

—Antes del encuentro de ayer... ¿cuándo la había visto por última vez? —Joseph sacó su cuaderno de notas.

—Hace cinco o seis meses. Cuando su accidente.

—¿Cómo? —exclamó Erin—. ¿Tanto tiempo?

—Hablamos por teléfono unas pocas veces, pero a ese tipo tan horrible... —se refería a Lance—... no le gusta que nos veamos.

—¿Le ordenó él que se mantuviera al margen?

—Explícitamente no, pero casi. La última vez que pasé por su casa, no me dejó entrar y me dijo que las antiguas amistades la cansaban —Jean resopló de furia—. Y todo mientras ella estaba tranquilamente sentada en salón. Hasta la oí toser. Erin, verás, quería decirte que... A veces me he preguntado si no la estará drogando...

La sugerencia no pudo afectarla más. Su cerebro empezó a trabajar a toda velocidad, buscando algún dato que pudiera fundamentar aquella sospecha. ¿Podían haber drogado a su madre prácticamente delante de sus narices? Eso explicaría sus imprevisibles cambios de humor.

—¿Lo notificó a la policía? —quiso saber Joseph.

—¡Desde luego que no! —lo fulminó con la mirada, con expresión casi ofendida—. Una no hace ese tipo de cosas.

—Alice me comentó que estaba tomando algo para la ansiedad —le informó Erin.

—Eso podría explicar el control que ese hombre ejerce sobre ella —añadió Jean—. Joseph, supongo que está bien que hayas venido, después de todo. Como policía, deberías investigar todo esto. Discretamente, claro está.

—No estoy facultado para ello. El comisario Norris me ha apartado del caso, y dudo que permita que lo investigue nadie más. Ya sabe que se muestra muy protector con su círculo social...

—El comisario Norris debería tener presente que ante todo es policía, y luego miembro del club de campo —le espetó antes de volverse hacia Erin—. Como su pariente más cercano, te corresponde proteger a tu madre.

—Lance tampoco me dejará a mí acercarme a ella —se dedicó a explorar todas las posibilidades—. Quizá Chet pueda ayudarnos. Me ofreció su ayuda, pero no quiero llamarlo a no ser que sea absolutamente necesario.

—¿Quién más podría hacer algo? —inquirió Joseph—. Señora Van Fleet, supongo que conocerá bien el círculo íntimo de Alice. . .

—Desde luego. Crecimos juntas.

Erin evocó las fotos que había visto de su madre en los antiguos álbumes del instituto. Alice Flanders y Jean Russell, ambas de familias destacadas de la comunidad, habían participado codo a codo en numerosas actividades sociales.

—¿Puede facilitarnos algún nombre?

—Como hermana suya, tu tía Marie, desde luego —se volvió hacia Erin—: Aunque lo cierto es que nunca se llevaron bien. Ni siquiera asistió al funeral de tu padre.

—Lo sé —si no se le había ocurrido ponerse en contacto con su tía, dos años más joven que Alice, había sido precisamente a causa de sus tensas relaciones—. Le pregunté a mamá si la habíamos invitado a la ceremonia y me dijo que a papá no le habría gustado tenerla allí.

—¿Por qué no? —preguntó Joseph.

—A papá nunca le cayó bien, aunque solía tolerarla por el bien de mamá —dijo Erin—. Después de que yo me fuera a la universidad, tuvieron una discusión. Nunca llegué a enterarme de los detalles.

Lo había considerado como una culminación de una larga relación de antipatía. Marie Flanders era una mujer libre y despreocupada. Vestía de manera muy llamativa y había hecho pequeños papeles para series de televisión. Al parecer se había mostrado algo resentida hacia la vida tan cómoda que llevaba su hermana y le había pedido varias veces dinero, que nunca había devuelto. Andrew, que siempre había creído en el trabajo duro y en la firmeza de la palabra dada, no había dudado en criticar su comportamiento.

En cualquier caso, Erin le guardaba mucho cariño. Cuando era niña, Marie solía llevarla a ver alguna película, o a comer helados. Jean la sacó de sus reflexiones cuando dejó su taza sobre el plato con un golpe seco.

—Me alegro de haber pensado en ella. Aunque, francamente, es otra preocupación.

—¿Por qué? —Joseph la animó a que se explicara.

—Si alguien atropelló deliberadamente a Erin y el accidente de Alice no fue tal . . . bueno, si alguien anda detrás de ellas . . . Marie también podría encontrarse en peligro.

Aquella posibilidad jamás se le había ocurrido a Erin.

—¿Por qué? Dudo que tenga mucho dinero. Y hace años que no sé nada de ella.

—Siempre existe la posibilidad de que alguien guarde algún tipo de inquina o resentimiento contra la familia —señaló Jean—. Además, tus abuelos legaron a las dos niñas un fondo de dinero, no muy grande pero suficiente quizá para tentar a alguien del grupo de personas con las que se mueve...

—¿Qué tipo de grupo es ése? —inquirió Joseph.

—No he estado recientemente en contacto con ella, pero recuerdo un tipo con el que salía y que desde los tiempos del instituto siempre andaba metido en problemas. Hace unos ocho años se lo trajo de visita y se comportó de una forma tan abominable que estuvo a punto de llegar a las manos con Andrew. Tu tía y él se marcharon corriendo.

Erin pensó que ése debía haber sido el motivo de la discusión que recordaba. Se preguntó cómo se las habría arreglado aquel hombre para irritar a su padre, que tan raras veces solía enfadarse.

—¿Se acuerda de cómo se llamaba? —Joseph levantó la vista de su cuaderno de notas.

—Todd —pronunció al fin—. Todd Wilde.

Erin reconoció el nombre: se lo había mencionado Joseph como uno de los sospechosos del atraco a la joyería. Si Wilde había sido capaz de matar a un hombre, la vida de Marie corría peligro. Y quizá también la del resto de la familia.

—Dudo que tengamos que preocuparnos por él —comentó Joseph.

Jean lo miró frunciendo el ceño.

—¿Por qué?

—Lo mandaron a prisión hace seis años.

Jean arqueó las cejas, escéptica.

—Bueno, pues ahora está fuera. Porque lo vi hace unas pocas semanas. Aquí mismo, en Sundown Valley.

CAPÍTULO 8

Durante todo el trayecto de regreso a la cabaña, Joseph no dejó de pensar en la revelación de Jean. Los Van Fleet habían estado paseando en lancha con unos amigos cuando vieron a Todd caminando por la costa, no lejos de la casa de los Bolding, portando unos prismáticos.

De modo que Todd había salido de prisión. ¿Por qué habría estado espiando a los Bolding? ¿Tendría algo que ver con las agresiones sufridas por Erin y Alice? Le inquietaba y excitaba a la vez pensar que podía existir realmente una conexión entre los últimos acontecimientos y el atraco con asesinato de once años atrás. Aun así, no quería apresurarse a hacer suposiciones.

Erin llevaba en el regazo el álbum de fotos del instituto que le había pedido prestado a Jean. Una antigua instantánea de Todd treinta años atrás le serviría de bien poco, pero era mejor que nada.

—Tengo que averiguar cuándo lo han soltado —le dijo Joseph—. El primer accidente tuvo lugar hace cinco meses.

—No puede ser él quien atacara a mi madre. Ella dijo que estaba sola en la lancha. ¿Por qué habría de proteger a su propio atacante?

—Tal vez la chantajeó —señaló Joseph.

—¿Con qué?

Contestó lo primero que le pasó por la cabeza:

—Tal vez tenía a Marie como rehén.

—¿Eso crees?

—Sólo es una especulación. Ojalá Wilde haya violado alguna ley al acercarse hasta aquí. Así podríamos volverlo a encerrar.

Por supuesto, tendría que informar al departamento de policía sin revelar que continuaba con la investigación. Barrió con la mirada el bosque mientras se acercaban a la cabaña. Ahora que sabían que Todd Wilde estaba suelto, tendrían que llevar mucho más cuidado. Aunque todo parecía encontrarse en su sitio, revisó bien el interior de la cabaña antes de dejarla entrar.

—Deberías instalar un sistema de alarma —le sugirió Erin.

—Quizá —pensó que, con ella allí, no sería tan mala idea.

Aunque tampoco se quedaría mucho tiempo. La piscina de su hogar era veinte veces más grande que aquella cabaña. La idea de que Erin Marshall se instalara en una vivienda tan minúscula resultaba absurda.

—Voy a ver si puedo localizar a mi tía —sacó su móvil.

—Bien. Yo voy a intentar averiguar algo más sobre Todd Wilde.

Se sentó ante su escritorio, en una esquina del salón, encendió el ordenador y entró en la base de datos de la policía. Se enteró de que Wilde había recibido la orden de libertad condicional un par de meses atrás. Le habían asignado un juez de vigilancia en la zona de Sundown Valley, así que no había abandonado la jurisdicción que le correspondía.

Los datos indicaban que Wilde había sido liberado antes del accidente de Erin pero después del de Alice. Eso parecía apoyar su inocencia: si hubiese albergado algún tipo de resentimiento contra alguien, lo habría tenido con la madre y no con la hija. Aun así, resultaba ciertamente extraño que hubiera estado rondando la casa de los Bolding con unos prismáticos.

Había llegado la hora de jugar a las posibilidades. ¿Y si Chet y Todd habían estado involucrados de alguna manera en el robo de la joyería? ¿Y si, una vez liberado, Todd había regresado para exigirle el dinero? Si Chet se había negado a pagarle, era posible que Wilde hubiera atacado a Erin como aviso a su prometido. Joseph apuntó aquella idea en su cuaderno. La hipótesis daba a Todd motivos más que suficientes para espiar la casa de los Bolding, dado que Erin había estado recuperándose allí cuando Jean lo vio. No tenía por qué ser así, pero parecía plausible.

Levantó la mirada y vio a Erin sentada en una silla, al otro lado del salón, con el libro de fotos en el regazo. Seguía hablando por el móvil mientras garabateaba algo en un cuaderno. Un mechón de cabello le había caído sobre la nariz. Tan ensimismada estaba en la conversación que no se molestó en recogérselo. Apagó el aparato y, al alzar la mirada, lo sorprendió observándola.

—¿Qué has descubierto?

—Todd lleva dos meses fuera de la cárcel —explicó Joseph—. No ha violado ninguna ley al venir aquí. ¿Con quién hablabas?

—Con la compañera de piso de mi tía Marie. Encontré su número en la guía de teléfonos de Los Ángeles. Crystal dice que hace cinco meses Marie se marchó de viaje con un amigo, para pasar fuera unas cuantas semanas.

—¿Y?

—Que nunca más volvió. Parecía bastante enfadada de que Marie hubiera dejado de pagar el alquiler. Con el tiempo se buscó una nueva compañera. Le he dejado mi número de teléfono en caso de que se le ocurra algo más.

—¿Te dijo a dónde se había marchado y con quién?

—No sabía nada.

—A juzgar por los comentarios de la señora Van Fleet, una desaparición tan repentina encaja con el carácter de tu tía, ¿no? En cualquier caso, ese amigo con quien se marchó no pudo haber sido Todd, ya que para entonces aún seguía entre rejas.

—Hablando de Todd, he intentado actualizar su foto lo mejor posible —le enseñó su cuaderno. Había hecho un boceto a lápiz a partir de la foto del instituto. Para ello le había acortado la melena, a la moda de los setenta, añadiendo arrugas alrededor de ojos y boca y encaneciéndole las sienes.

—Buen trabajo. Al menos ahora tenemos alguna pista para empezar a buscar.

—¿Vamos a buscarlo a él? —inquirió Erin—. Quiero decir, se supone que estás de permiso y el comisario te dijo. . .

—No hay ninguna ley que nos impida hacer un viaje en lancha por el lago —de repente se le ocurrió otra idea—. Imagínate que Wilde no estaba espiando a tu familia, sino buscando algo.

—¿Como qué?

—¿Joyas enterradas? ¿Quién sabe? —apagó el ordenador—. Quiero revisar la zona donde lo vio la señora Fleet y el lugar donde tu madre sufrió ese accidente.

—Yo creía que ya habías estado allí.

—Sí, y después de todos estos meses no creo que encuentre nada nuevo. De todas maneras, tal vez nos tropecemos con alguien que haya visto a Wilde.

De repente oyó un coche entrar en el sendero y se levantó como un resorte. Después de indicarle a Erin que se echara a un lado, entreabrió discretamente las persianas. Por el camino subía un descapotable con una rubia al volante. No tardó en reconocerla: era la hija de su jefe.

—Es Tina.

—¿Viene sola?

—Eso parece.

Erin miró el álbum de fotos y el boceto que había hecho de Todd.

—Creo que será mejor que hablemos con ella fuera.

—Buena idea.

Mientras Erin salía a recibir a su amiga, Joseph se entretuvo en buscar en la guía el teléfono del Centro de Pesca y Navegación de Sundown. Hacía un bonito día para pasear en lancha.

—Sólo quería asegurarme de que estabas bien —explicó Tina—. Gene me contó el acuerdo al que llegasteis. Está muy satisfecho de cómo se solucionó todo.

—Tu hermano está entregado en cuerpo y alma a la campaña de Chet. Espero que todo le salga bien.

No se atrevió a decirle nada más. No le gustaba ocultarle cosas a Tina, pero su amiga aún vivía en casa de su padre y, para colmo, Gene, que no quería residir de forma permanente en Sundown Valley, se había establecido allí a su vuelta de Sacramento. En esas condiciones, cualquier información podía llegar a oídos indeseables.

—¿Sabes? Ayer los invitados a la boda se mostraron muy comprensivos. Se hicieron perfectamente cargo de la situación.

Erin seguía sintiéndose incómoda hablando allí afuera, en la puerta de la cabaña.

—Te invitaría a tomar un café, pero vamos a salir.

—¿Qué pasa?

Ya había hablado demasiado.

—Oh, Joseph y yo vamos a pasear por el lago en bote.

—Rick tiene una lancha de motor. Seguro que te la prestará —dijo Tina—. Voy a llamarlo —fue a sacar el móvil del bolso.

—No hace falta, creo que Joseph ya se ha encargado de eso...

—¿Habéis vuelto a salir juntos? —le preguntó—. Quiero decir que... bueno, hacía años que no os veíais y de repente te pones a vivir con él...

—Somos amigos, sencillamente. Sólo me quedaré unos días aquí mientas terminan de arreglarse las cosas.

—¿Sabes? No tengo nada en contra de Joseph, pero todo está sucediendo muy rápido.

—Aquí me encuentro muy bien. En el campo me siento... más yo misma —admitió Erin—. La casa de mi madre es opresiva. Estaba empezando a volverme paranoica.

—¡Eso nunca me lo habías dicho!

—Porque yo misma tampoco era consciente. En cualquier caso, ahora me siento mucho mejor.

—Yo no te estoy diciendo que sea algo malo... simplemente estoy un poco preocupada.

—Gracias. Es bueno tener gente que se preocupa por ti —era sincera. Tina la había ayudado mucho durante aquellas últimas semanas.

—Ah, dile a Joseph que lamento que mi padre le haya obligado a tomarse ese permiso. No me parece justo. Y a Rick tampoco, pero no puedo decirle nada a mi padre. Sólo conseguiría que se enfadara aún más.

Joseph salió en aquel momento. Después de saludarlo efusivamente, Tina le preguntó:

—¿Estás seguro de que no quieres que llame a Rick para lo de la lancha?

—Ya está todo arreglado —explicó él—. Te agradezco que te hayas pasado por aquí.

—Te estás portando muy bien con Erin —le dio unas palmaditas en el brazo—. Veo que finalmente ha recuperado el color de las mejillas.

Segundos después la veían desaparecer por el sendero, a bordo de su descapotable.

—Le he dicho lo menos posible —le informó a Joseph.

—No creo que vaya contándoselo a nadie. Ya sabes que siempre he tenido muy buena opinión de ella —se volvió hacia la cabaña—. Bueno, es hora de que recojamos nuestras cosas y nos marchemos.

—A la orden, jefe —se burló. A pesar de las circunstancias, la perspectiva de salir a dar un paseo por el lago le levantaba el ánimo.

Tanto si descubrían algo como si no, le recordaría una de sus antiguas aventuras de adolescentes.

．．．．

En la pequeña marina de la costa este, embarcaron en una lancha a motor. En aquella época del año, muchas de las cabañas de vacaciones que rodeaban el lago se hallaban vacías y había poca gente en la costa. Joseph mostró a una pareja el boceto que había hecho Erin, pero no reconocieron a Todd. Luego se dirigieron a la zona que había mencionado Jean y recorrieron la ribera en busca de alguna pista, sin encontrar ninguna.

Poco después enfilaron hacia el sur, ya a bordo de la lancha.

—El accidente de tu madre tuvo lugar por aquí. Afortunadamente para ella, algunos vecinos la oyeron gritar. Era casi de noche y la lancha a la deriva había entrado en la zona de pesca.

—Pero el agua es muy poco profunda —comentó Erin—. Pudo haber hecho pie para acercarse andando hasta la costa.

—No es tan fácil. La ribera es pantanosa —aminoró la velocidad del motor—. Hace un año, una persona se ahogó en los carrizos inundados. Y eso que era buen nadador.

Se imaginó a su madre manoteando en el agua, aturdida, perdiendo pie. Un escalofrío la recorrió.

—No puedo imaginarme cómo pudo ocurrírsele salir sola a la caída del sol. ¿Es posible que alguien la atrajera hasta aquí y saboteara luego la lancha para que se hundiera?

—No se hundió. Se cayó ella, ¿recuerdas?

—Ya. Además, si eso hubiera sucedido, te lo habría dicho a ti cuando fuiste a interrogarla. O al menos se supone que debería haberlo hecho.

El motor se detuvo. Sólo se oía el chapoteo del agua contra los costados de la lancha. Se abrazó, estremecida. El gesto no pasó desapercibido a Joseph.

—Deberíamos volver —sugirió, reacio.

—Por mí no te preocupes.

Aunque el lugar le ponía los pelos de punta, Erin necesitaba descubrir lo que había sucedido. Al menos eso podría ayudarla a entender los súbitos y extraños cambios de humor que había tenido su madre durante los últimos meses. Pasaron por delante del antiguo embarcadero, una garza apareció entre unos carrizos y remontó el vuelo. Después de todo, aquel paisaje rezumaba belleza.

De repente recordó algo. El aparcamiento. Una furgoneta. Flores. Pero la voz de Joseph interrumpió aquella visión:

—Supongamos que Lance la trajo aquí y la empujó al agua. Alice intentaría nadar hasta la costa. ¿Y si sufrió una amnesia traumática semejante a la tuya, pero sólo durante los

151

instantes que precedieron a la agresión?

—Pensé que había declarado que salió sola.

—Puede que no recuerde lo que sucedió, y que se niegue a aceptar que su marido pudo hacer tal cosa. O quizá salió efectivamente sola con la lancha y él la abordó y la arrojó al agua.

—Si eso es cierto, ¿cómo podremos demostrarlo?

—Necesitamos o un testigo o una prueba de que Lance lo preparó todo, pero no es probable que encontremos nada de eso a estas alturas —reconoció Joseph—. Yo no encontré ninguna huella. Ni zapatos embarrados ni ropa empapada, ni en tu casa ni en los contenedores de basura de toda la zona. A no ser que tuviera un cómplice en otra lancha, no me explico cómo pudo hacerlo.

—Quizá no lo hizo. Lance carece de antecedentes penales.

—Cierto, pero... ¿tú cómo lo sabes?

—Mi madre lo hizo investigar antes de casarse —explicó Erin—. No es ninguna estúpida.

—La felicito —comentó mientras tocaba con la pértiga de la lancha un objeto que estaba flotando. El objeto se movió rápidamente: era una culebra de agua—. Por otro lado, tal vez confiara en heredar una fortuna a su muerte, suponiendo que tu madre haya hecho testamento.

—Mi familia es cliente del despacho de abogados Horner and Fitch —era el mismo bufete en el que trabajaba la madre de Joseph, Suzanne—. Después de la muerte de papá, mi madre me dijo que había revisado su testamento para dejármelo todo a mí. No sé si habrá vuelto a cambiarlo desde entonces. ¿Podrías enterarte tú?

—Me temo que no puedo violar el derecho del cliente de un abogado —le recordó él—. Además, ya antes de que me apartaran del caso, no pude citar a nadie a declarar porque tu madre negó terminantemente haber recibido chantaje o presión alguna.

—¿Crees que está protegiendo a alguien?

—Si miente, lo está haciendo muy bien —repuso Joseph.

La lancha rodeó un banco de la ribera. De repente Erin arrugó la nariz.

—Algo huele fatal. ¿También olía así la otra vez que estuviste por aquí?

—No.

—¿Qué diablos puede ser?

—Esto no me gusta nada. Voy a sacarte de aquí.

—Veo algo —señaló Erin.

Un bulto azul apareció flotando entre unas cañas. Parecía ropa. Un impermeable. Erin distinguió algo de color pardo al lado. No era una planta.

—Qué extraño...

—No mires.

Demasiado tarde. No podía apartar los ojos de aquellas madejas marrones, que se revolvían en el agua. El hedor era ya insoportable.

—Es una persona. Un cadáver.

Sintió náuseas. Se inclinó sobre la borda y vomitó.

CAPÍTULO 9

—Por lo menos hay una cosa positiva —dijo Joseph el domingo por la noche, mientras compartía una pizza con Erin en el Giorgio's, el restaurante italiano del pueblo. Estaba cerca de la comisaría, donde habían declarado por separado sobre su sobrecogedor descubrimiento.

—¿Te refieres a que al fin he recuperado el apetito?

—No. A que el comisario ya no puede cerrar la investigación. Es obvio que no estábamos dando palos de ciego.

En la comisaría, varios policías habían felicitado discretamente a Joseph, con gestos y miradas de complicidad.

—Debería reincorporarte al servicio.

—Me castigaron por desacato a una autoridad superior, ¿recuerdas? Desobedecí sus órdenes, aunque estuvieran equivocadas. Al menos ahora estamos seguros de que Rick hará un buen trabajo.

En el cadáver en descomposición, que llevaba un par de semanas flotando en el lago, había aparecido una cartera perteneciente a Todd Wilde. Quedaba por determinar qué había estado haciendo allí y quién lo había matado, pero mientras tanto la policía tendría que confirmar su identidad por otros medios. Joseph tenía una ligera idea de cuáles eran esos medios, a la espera de los resultados de la autopsia: el cadáver presentaba varias heridas de bala y Rick había encontrado un proyectil alojado en un tronco de árbol.

También había aparecido la llave de la habitación del motel donde aparentemente Todd había estado residiendo.

La investigación había comenzado rápido. Alertado por Tina, Rick había llegado en su lancha cuando Erin todavía seguía mareada por el descubrimiento. Según le dijo, se había presentado directamente para asegurarse de que Joseph no se metiera en más problemas con el comisario. Poco después Norris llegaba al escenario del crimen de un humor pésimo. Por un momento Joseph temió incluso que fuera a despedirlo, pese a que el descubrimiento demostraba precisamente que había tenido razón desde el principio.

Afortunadamente, Lynne Rickles, una periodista del *Sundown Centinel*, había aparecido a tiempo. Incapaz de contactar con el portavoz oficial una mañana de domingo como aquélla, Norris se había visto obligado a responder personalmente a sus preguntas.

—Pobre tía Marie —Erin dejó su trozo de pizza sin terminar—. Espero que su desaparición no esté relacionada con Todd. Sé que estaba en prisión cuando ella se marchó del apartamento, pero no puedo evitar preocuparme...

—No nos apresuremos a sacar conclusiones. Lo más probable es que ahora mismo esté tomando el sol en Hawai. Ahora, si no te importa, me gustaría llevarles un par de pizzas a los chicos del centro de apoyo escolar. Quiero informar a mi madre de todo lo sucedido antes de que se entere por los periódicos.

—¡Claro que sí! —Erin sentía una gran curiosidad por ver el centro, del que solamente tenía noticias indirectas por la información recogida por la Fundación Amigo de un Amigo. Aunque era su principal benefactora, el deseo de proteger su anonimato la había disuadido de visitarlo en persona.

Estaba a medio kilómetro de allí, en medio de un barrio obrero. Era domingo por la noche, y Erin habría esperado encontrarlo medio vacío. En lugar de ello, el salón central estaba lleno de estudiantes agrupados en torno a ordenadores y mesas de trabajo, apoyados por profesores voluntarios de todas las edades.

—¡Joseph! —Suzanne Lowery se disculpó con un grupo antes de ir a su encuentro. Era una mujer que rezumaba energía y vitalidad—. Me alegro de verte —se volvió hacia Erin, sonriente—. Y a ti también. Ha pasado mucho tiempo.

—Yo me alegro aún más —en aquel momento lamentaba no haber ido antes, pero tampoco había esperado aquel recibimiento.

—Veo que esta noche has reunido a una verdadera multitud —comentó Joseph, dándole un abrazo.

—Ya sabes cómo es esto. Los críos disponen de todo el fin de semana para hacer los deberes, pero suelen dejarlo hasta el último momento. ¿Por qué no pasamos a mi despacho? Es mucho más tranquilo.

—Estupendo.

El despacho tenía el tamaño justo para alojar una estantería de libros y los archivadores, aparte del escritorio con el ordenador.

—Quería informarte de los últimos acontecimientos —empezó Joseph—. Aunque a lo mejor ya sabrás algo por los periódicos...

—¿Lo de la boda? Sí. Erin, ¿te encuentras bien? ¿Estás mejor?

—Estoy perfectamente. En realidad no he

sufrido ninguna recaída . Aunque la verdad es que llevo un día agotador.

—Ojalá no hubiera visto lo que nos hemos encontrado hoy... —y pasó a contarle su aterrador descubrimiento del lago.

Suzzanne no pareció sorprenderse de que el comisario no le hubiera levantado la sanción a su hijo, a pesar de las evidencias.

—En este pueblo algunos hemos logrado superar el pasado y mirar hacia delante. No es el caso de Edgar —comentó Suzanne—. Debería aprender de la señora Nguyen. Trabaja en el centro dos veces por semana y nos hemos hecho muy amigas.

El difunto marido de la señora Nguyen había sido la presunta víctima de Lewis Lowery. O al menos eso fue lo que dictaminó el juez.

—Este lugar une a la gente —dijo Erin—. Yo siempre quise que Marshall Company financiara más servicios como éste.

—Gracias —dijo Suzanne—. Sin ti, no sé dónde estaríamos ahora —dado que trabajaba en el bufete que llevaba las cuentas privadas de Erin, ella era una de las pocas personas que sabían quién estaba detrás de la Fundación Amigo de un Amigo.

Cuando Erin se licenció en la universidad, quiso organizar una oficina de ayudas sociales dependiente de Marshall Company. Aunque su padre mostró interés en un principio, su madre y el predecesor de Chet en el consejo de administración lo convencieron de lo contrario. Según sus argumentos, el financiamiento de una nueva sala del hospital bastaba para mejorar la imagen de la empresa en la comunidad. Erin, sin embargo, creía que una compañía tan grande estaba obligada a hacer algo más.

Suzanne se volvió hacia su hijo:

—Ahora que ya te has salido con la tuya, ¿vas a dejar el resto de la investigación a Rick?

—¿Tú qué crees? —sonrió.

—Creo que te vas a agarrar a esto como un perro a su hueso preferido —esbozó una sonrisa de tristeza—. No sé si es muy prudente o no, pero estoy orgullosa de ti. ¿Te importaría ponerme al tanto de lo que has descubierto hasta ahora?

Joseph procedió a relatarle lo ocurrido, y su madre lo escuchó con atención.

—Me preocupa que Marie pueda estar en peligro —comentó cuando hubo terminado—. En el instituto, se resentía de estar siempre a la sombra de su hermana. Fue una buena noticia que empezara a trabajar en la televisión, pero nunca logró su sueño de convertirse en una gran actriz...

—Espero que se encuentre bien —comentó Erin.

—Por cierto, me alegro de que mi hijo esté haciendo de guardaespaldas tuyo. Sé lo preocupada que se quedó tu madre con lo de tu accidente. La herida que te hiciste en la cabeza la dejó aterrada, tenía miedo de que te quedara alguna lesión. . .

Joseph arqueó las cejas, sorprendido.

—Parece como si hubieras estado hablando con ella. No sabía que teníais trato.

—Ella sigue utilizando nuestro despacho de abogados.

—¿Mi madre revisó su testamento? —le preguntó Erin, en un impulso.

—No, no es por eso por lo que. . . —Suzanne se interrumpió—. Lo siento, no debo hablar de nuestros clientes. Es confidencial. Olvidaos de lo que he dicho.

—La culpa es mía, no debí haber preguntado.

Un profesor entró en el despacho para pedirle ayuda. Erin y Joseph la acompañaron al salón principal, donde estuvieron un rato viéndola trabajar.

—Estoy orgullosa de mi madre —le confesó él mientras subían al coche.

—No me extraña. Es una mujer impresionante.

Le puso una mano sobre la suya antes de agarrar el volante y enfilar hacia el norte.

—Tú siempre le has caído bien.

—Y a mí ella —pero había algo de su conversación que no dejaba de preocuparla—. ¿Qué necesidad pudo tener mi madre de hablar con su abogado si no era para cambiar su testamento?

—Tal vez se tratara de un asunto de negocios. Inversiones.

—Marshall Company tiene su propia asesoría jurídica.

—Tal vez quiso meter a Lance como copropietario de la casa. Seguro que el tipo se empleó a fondo para intentar convencerla.

Giró a la izquierda en Grove Street. Pasaron por delante del edificio donde Binh Nguyen fue asesinado. Antes de la tragedia, Erin solía detenerse con frecuencia a mirar los escaparates, pero desde entonces aquel lugar la inquietaba.

—A riesgo de meterme en algo que no me importa, voy a preguntarte una cosa. ¿Tú has hecho testamento? —quiso saber Joseph.

—¿Yo? Sí —dos años atrás Abe Fitch, uno de los jefes de Suzanne en el despacho, le sugirió después de leer el testamento de su padre que, dado su enorme patrimonio, necesitaba hacer a su vez uno—. Legué mi fondo personal a la Fundación Amigo de un Amigo y mis intereses en Marshall Company a mi madre.

—Eso le daría a ella un control completo

de los valores de la compañía, ¿verdad? Unos cien millones de dólares como poco.

—Algo así —no le gustaba nada la evidente conclusión de aquella posibilidad—. Lo que significa que si ella ya lo hubiera legado todo a su favor y las dos falleciéramos... él se quedaría con todo.

—No es una perspectiva muy agradable, ¿no te parece?

—Si quisiera revisar mi testamento, no sabría a quién nombrar —aparte de Marie, no tenía otros parientes—. Quizá debería dejárselo todo a la Fundación. No lo sé —se llevó las manos a las sienes. Empezaba a dolerle la cabeza.

—No hay prisa —dijo Joseph—. Sólo pensé que debía mencionártelo.

Pero Erin no pudo olvidarse ya del tema. Su organización sin ánimo de lucro que no requería de una plantilla completa debido a su limitado alcance, estaba administrada por un ejecutivo del banco de Sundown Valley. Su padre la había ayudado a fundarla tres años antes, cuando decidió donar la generosa pensión que recibía anualmente y vivir de su trabajo. Sólo un año después, tras su fallecimiento, su pensión anual se multiplicó por diez. Incluso así la plantilla de la organización no había crecido mucho, formada por algunos de los antiguos profesores de Erin y amigos de sus padres que habían jurado guardar el secreto de su desinteresada labor. No estaban preparados para llevar las cuentas de Marshall Company, eso era seguro. Afortunadamente, sin embargo, no tenía intención de morirse pronto, así que el asunto de cambiar su testamento podría esperar.

Volver a la cabaña de Joseph fue como regresar al hogar. Confiaba en que la muerte de Todd significara que el peligro había pasado, pero persistía la pregunta de quién lo había matado y por qué.

—¿Quieres acostarte ya o prefieres esperar un rato?

—Estoy cansada, pero demasiado despierta —miró su reloj. Todavía eran las ocho.

—¿Te apetece escuchar un poco de música?

—Desde luego —se sentó en el sofá mientras él ponía un CD.

Ya se estaba preguntando por qué no le había dado a elegir cuando reconoció los primeros acordes. Era un éxito de sus años de adolescente.

—¿No es ésta una de las canciones que . . . ? —se interrumpió al oír una conversación de fondo. No era la voz de una artista, sino la suya propia, la que empezó a cantar. Poco después Joseph se animaba a acompañarla con su voz de tenor—. ¡No puedo creer que todavía conserves esa cinta! Mi grabadora estropeó la mía —aquella pérdida le había destrozado el corazón.

—La copié en un CD para protegerla mejor —se sentó a su lado, apoyando los pies en la mesa del café.

—¡Me encanta! —la noche que Joseph la había llevado a aquel bar de karaoke había sido una de las más felices de su vida.

Irónicamente, la noche anterior a aquélla, por su decimosexto cumpleaños, sus padres habían celebrado una cena en el club de campo que, como poco, había resultado tediosa: un acto rígido y formal monopolizado por amigos y socios de sus padres. Eso había sido el viernes. El sábado, Joseph la había sorprendido con una excursión al bar del karaoke. En un local repleto de desconocidos, se habían puesto a grabar versiones de sus canciones favoritas. La gente había aplaudido y celebrado la idea. Y Erin se había sentido eufórica.

Esa misma noche había estado a punto de hacer el amor con Joseph. Él había tenido la madurez de contenerse. Incluso en ese momento la había protegido, pensando en ella más que en sí mismo.

—¿Sabes? Eres el mejor amigo que he tenido nunca. Ojalá hubiéramos podido seguir juntos.

—Siento mucho que la ruptura fuera tan . . . brusca —deslizó un brazo por el respaldo del sofá—. Estaba seguro de que me rechazarías antes o después, así que yo mismo me quité de en medio. Me recluí en mi soledad, como un animal lamiéndose las heridas en su guarida.

—Debiste haber aceptado la ayuda de la gente que te quería —dijo, apoyando la cabeza en su brazo—. Me dejaste destrozada. Te eché muchísimo de menos.

Como él no respondió, se preguntó si no habría cometido un error al sacar el tema. Hasta que por fin se atrevió a hablar.

—Cuando me cansé de compadecerme, concentré todas mis energías en ayudar a mis padres. No hubo espacio para nadie más. Ni siquiera para ti.

En aquel momento, Erin hizo exactamente lo que había querido hacer once años atrás, cuando no tuvo oportunidad. Extendió una mano para acariciarle tiernamente una mejilla y lo miró directamente a los ojos.

—Espero que algún día puedas volver a tener ese espacio para mí.

—Ya lo tienes. Aquí mismo.

Cuando la atrajo hacia sí, Erin enterró el rostro en el hueco de su hombro. Le maravillaba la delicadeza con que la trataba, cuando la tensión de su cuerpo le indicaba que lo que quería era otra cosa. Allí, dentro del círculo de sus brazos, era donde había ansiado estar desde siempre, aunque a veces no se hubiera permitido reconocerlo.

Mientras le acariciaba el pelo, la besó en los labios. Parecían fundirse lentamente el uno en el otro, sin prisas. Jugueteando con los botones de su camisa, Erin empezó a desembarazarse de la barrera que se interponía entre ellos. Pero, para su decepción, Joseph se apartó.

—No empecemos. Esto es lo último que necesitas, después de lo que has pasado hoy.

Erin soltó un profundo suspiro.

—¿Por qué ha tenido que tocarme el hombre más intachablemente ético del mundo?

Volvió a abrazarla, sonriendo.

—¿Las paces?

—De acuerdo. Pero sólo por el momento.

En el aparato de CD, la voz de Joseph entonaba una triste balada. Después de su ruptura, Erin solía escuchar aquella canción una y otra vez, pese a las ganas que le entraban de llorar. Porque cuando oía su voz, le parecía como si se estuviera asomando al borde mismo de su alma. Pese al tiempo transcurrido, habían conservado un lazo, un vínculo. Y sin embargo tenía que reconocer que no lo conocía como hombre adulto. Había estudiado en la universidad, se había convertido en inspector de policía y había trabajado en múltiples casos que debían de haberlo marcado de manera indeleble. Y seguro que también tenía que haber vivido otro tipo de aventuras igualmente trascendentes...

Por un lado, le entraban ganas de renunciar a toda precaución y hacerle el amor para atesorar aquellos preciados recuerdos para siempre. Pero con ello podrían volver a hacerse más daño, como antes. De repente Joseph se aclaró la garganta.

—Quizá ésta no sea la elección más afortunada de música...

Erin estaba a punto de preguntarle por qué cuando se dio cuenta de que tenía las mejillas bañadas de lágrimas. Estaba llorando.

—No te preocupes por mí. Soy una sentimental.

Continuaron escuchando el disco durante un rato más hasta que terminó. La grabación había llegado a su fin.

—¿Te apetece beber algo? —le preguntó él

—Sí, gracias.

Mientras Joseph preparaba las copas en la cocina, Erin recogió de la mesa el álbum de fotos del instituto. Buscó las del último año y encontró una de Marie Flanders. El parecido con su hermana Alice era evidente, a pesar de su pelo teñido de negro y el típico maquillaje a la moda de los setenta. Hasta ese momento había pensado que no tenía un claro recuerdo de su tía Marie. Y sin embargo aquella sonrisa irónica le resultaba sorprendentemente familiar.

Era difícilmente concebible que una persona pudiera desaparecer de la noche a la mañana sin dejar rastro. Tal vez estuviera atrapada en alguna parte, enferma gravemente en algún hospital... o enterrada en la cuneta de alguna carretera. ¿Y si el mismo trágico destino se estaba cerniendo sobre Alice y sobre ella? Dio un respingo cuando oyó el tintineo de unos vasos cerca de su oído.

—Perdona. Me preguntaba si querrías este zumo de frutas. Supuestamente es relajante, pero a juzgar por tu reacción, yo diría que el efecto es el contrario.

Erin sonrió a modo de disculpa.

—No le eches la culpa al zumo. Es mi imaginación, que me estaba jugando una mala pasada...

—Bien. Pues espero que el zumo haga honor a su reputación.

Mientras Joseph se arrodillaba frente a la mesa para servirse de la cafetera, una foto llamó poderosamente la atención de Erin. Eran tres los estudiantes que posaban en la imagen. Allí estaba su tía Marie con su larga melena negra. Todd Wilde, el chico cuyo rostro había dibujado apenas el día anterior y que ahora yacía en el depósito de cadáveres, aparecía sentado a su lado en una mesa de picnic. Y detrás de ellos, con expresión vacilante, una chica de pelo castaño que reconoció sobresaltada.

Treinta años atrás, todavía no tenía bolsas bajo los ojos y llevaba el cabello suelto en lugar de recogido en un moño. Pero no cabía la menor duda. Era Brandy Schorr, la nueva ama de llaves de Alice.

CAPÍTULO 10

En medio de la noche Joseph se levantó del sofá y, en una gran hoja de papel, se puso a tomar notas y a dibujar algo parecido a un árbol familiar. Si no podía conciliar el sueño, al menos así haría algo útil.

Inmediatamente después de que Erin realizara aquel descubrimiento en el álbum de fotos, fue a hacer una rápida consulta en la base de datos y se enteró de que Brandy había tenido algunos encontronazos con la ley, como tenencia de pequeñas cantidades de droga o robos menores. También había estado en una clínica de rehabilitación. Armado con esos datos, había llamado a Rick para contarle lo de Brandy y su vínculo con la desaparecida Marie.

—Me interesa más su relación con Wilde —le había dicho Rick—. Entrevistarla será lo primero que haga mañana. Seguimos sin saber qué estaba haciendo ese tipo rondando por allí.

Erin se había quedado demasiado inquieta para poder conciliar el sueño. Para tranquilizarla, Joseph le había puesto un CD con acompañamiento musical de karaoke, convenciéndola de que cantara con él. El plan funcionó. No tardaron en entonar sus viejos temas favoritos, riendo cuando se equivocaban y e inventándose las letras que no se sabían. Le emocionaba verla cuando se relajaba de esa manera, olvidada toda inhibición. Eso no había cambiado y probablemente nunca cambiaría.

Una vez que ella se fue a la cama, se quedó adormilado en el sofá y se despertó horas después. Como el sueño parecía rehuirlo, decidió realizar aquel bosquejo de árbol familiar. Treinta años atrás, Alice y Jean estudiaban tercer curso en el instituto, Marie y Todd segundo y Brandy primero. Alice no conoció al que sería su marido hasta que ingresó en la universidad, así que trazó su rama correspondiente más alejada del tronco. Su propio padre había crecido a unos cuarenta kilómetros de allí y Edgar Norris se había trasladado a la población ya de adulto, así que sus respectivas ramas se juntaban en una posición aún más alta.

A continuación venían los hijos: Erin, Gene, Tina y el propio Joseph. Omitió a los hijos de Jean, dado que no parecían encajar para nada en el puzzle. En la parte superior dibujó las ramas de Chet y de Lance y, en un impulso, también la de Rick. Chet y Lance procedían de Los Ángeles, y Rick de San Diego. Así lo anotó. Si se miraba el árbol resultante de una determinada manera, todos estaban ligados de alguna forma, lo que significaba que se podía idear una teoría con cualquiera de ellos. El problema era que cualquiera de esas teorías podía ser rebatida. Le faltaba una pieza. ¿Cuál era?

Aunque la desaparición de Marie no tuviera nada que ver, seguía inquietándolo. Aquella mujer se había marchado voluntariamente, según su compañera de apartamento. ¿Qué le habría pasado? Tampoco se sentía cómodo con al idea de que Chet hubiera adquirido tanto dinero para financiarse la campaña electoral. Un salario de seis dígitos y un talento para la inversión en bolsa resultaba una explicación factible, pero aun así. . .

«Sigo sin poder ver el cuadro general», se dijo. «Supongo que estoy demasiado cansado». O demasiado absorbido por Erin para poder pensar con coherencia. Se acercó a la ventana y entreabrió las persianas. La cabaña era segura, pero a largo plazo la única manera de proteger a Erin era descubrir qué había sucedido y quién estaba detrás de ello. Eran muchas las posibilidades. Todd, el ausente

Lorenz y una tercera persona, más lista que los otros dos. Alguien que tuviera todo que perder si era capturado. O capturada.

Quizá Todd Wilde había sido lo suficientemente estúpido, o había estado lo suficientemente desesperado, como para chantajear a un antiguo socio del atraco de la joyería. Pero esa era, por supuesto, una teoría más. Y no explicaba el aparente interés de Todd por los Bolding. De repente se dio cuenta de que aún quedaba por entrevistar una persona que podía proyectar alguna luz sobre el asunto, al menos en lo que se refería al caso de su padre. Manuel Lima, el comisario que había contratado a Joseph, el jefe de la policía cuando Lewis Lowery fue condenado. Aunque se había jubilado tres años atrás, seguía viviendo en la población.

Si lograba ponerse en contacto con él, ignoraba si aceptaría mantener una conversación confidencial a espaldas de Norris. Pero necesitaba proteger a Erin, aun a riesgo de poner en peligro su puesto de trabajo. Fuera cual fuera el precio a pagar, seguiría hasta la última pista y hablaría con el último testigo.

El lunes, el *Sundown Sentinel* estuvo a punto de dar en el blanco. Aparte de una antigua foto de Todd, recogía una imagen de Erin vestida de novia, con su gargantilla y su diadema de brillantes. En la imagen, sujetaba su ramo de flores como si fuera un escudo. A pesar de su sonrisa, una expresión de vulnerabilidad e incluso de temor asomaba a sus ojos. Había bajado la guardia, permitiéndole al fotógrafo vislumbrar su agitación interior. Y al parecer el profesional no había tenido escrúpulo alguno en venderla.

Aunque la noticia principal era el hallazgo del cadáver de Todd, una columna de sociedad especulaba sobre Erin. ¿Por qué la novia, supuestamente tan incapacitada como para retrasar su boda, había salido a dar un paseo en lancha por el lago con un policía suspendido de empleo... que además había sido un antiguo novio suyo de instituto? Era el tipo de chisme que haría las delicias de los lectores durante semanas. Recordando los temores de Gene sobre los efectos perjudiciales en la campaña de Chet, Erin sospechaba que eso era precisamente lo que le había preocupado.

—No hay nada que podamos hacer al respecto —dijo Joseph al ver que se quedaba mirando fijamente la fotografía. Estaban desayunando tarde, ya que Erin había dormido casi hasta el mediodía—. Además, sales preciosa en la foto, lo cual no es difícil...

—Creo que más bien salgo dolida, débil, triste...

—¿Sigues pensando en hablar con ese asesor financiero tuyo sobre tu fondo personal? Podría acompañarte, si quieres.

—Gracias, pero será mejor que vaya sola —no temía que fueran a atacarla en el cuartel general de Marshall Company—. Cuanto menos nos vean juntos, mejor. Ya sabes que eso también podría perjudicarte a ti.

—El comisario ya me tiene enfilado, así que... ¿para qué preocuparse?

No parecía molesto por la atención de la prensa. Erin se recordó que debía de haberlo pasado mucho peor durante el juicio de su padre.

—Si no me necesitas, te dejaré allí y luego iré a hablar con el comisario Lima.

—Bien. Nos encontraremos después en el centro comercial —y nombró su heladería favorita.

Después de mes y medio de convalecencia, la perspectiva de dirigirse a la compañía de su padre para pedir un adelanto sobre su pensión trimestral no la atraía demasiado. Pero tenía que conseguir ese dinero. Y, con Alice bajo la influencia de Lance, debía vigilar de cerca todo lo concerniente al patrimonio de su padre. Estuviera preparada para ello o no, tenía que hacer acto de presencia y dejar claro a todo el mundo que no pensaba desaparecer del mapa.

No tenía otra elección. A esas alturas, las noticias sobre ella ya habrían llegado a Orange County, de modo que difícilmente podría volver al trabajo como ayudante anónima en la empresa de Bea. Esa fase de su vida terminó definitivamente cuando aquella furgoneta la atropelló en el aparcamiento. Ya no podía seguir fingiendo que no era la hija de Andrew Marshall. Resultaba irónico que, decidido a deshacerse de ella, alguien la hubiera catapultado precisamente a la responsabilidad que tanto había querido evitar.

Menos de una hora después entraba en el vestíbulo del edificio Marshall, agarrando con fuerza su bolso y obligándose a respirar profundamente. No reconoció a ninguna de las personas con las que se cruzó. Ocho meses atrás, la última vez que fue allí para asistir a un consejo de administración, apenas pronunció una palabra. Pero aquella chica ingenua y tímida había dejado de existir. Alisándose su vestido azul, de cuello alto, reunió todo el coraje de que fue capaz.

De repente se abrieron las puertas del ascensor y apareció Stanley Rogers, con el pelo algo más gris de lo que recordaba pero tan sonriente como siempre. Cuando lo llamó una hora atrás, aceptó inmediatamente entrevistarse con ella.

—¡Erin! —la saludó el director del departamento de finanzas, que había trabajado desde hacía décadas para su padre—. Tienes buen aspecto. Estaba preocupado por ti.

La sensación de incertidumbre que la había asaltado se evaporó. La actitud cariñosa y paternal de Stanley le recordaba que no era ninguna desconocida en ese lugar.

—Todavía no me he recuperado del todo —admitió mientras se dejaba acompañar al ascensor—. A veces me dan dolores de cabeza.

—Lo siento —pulsó el botón del quinto piso, el de los despachos de la dirección—. ¿Qué tal la memoria?

—Los médicos dicen que tal vez no la recupere nunca.

—Lo importante es que disfrutes de buena salud en todos los demás aspectos.

Stanley se conservaba en buena forma para los sesenta años que tenía. Erin recordó que su padre y él solían hacer excursiones de caza por las montañas. Salieron a otro vestíbulo. En el mostrador de recepción, una secretaria alzó la vista de su pantalla de ordenador.

—Te presento a Elena Gabriel, la nueva secretaria del consejo de administración.

—Bienvenida a bordo —la saludó Erin forzando un tono firme, seguro.

—Es un placer conocerla, señorita Marshall.

—¿Qué le pasó a Betsy Ridell? —le preguntó a Stanley.

—La ascendimos a directora ayudante del centro comercial. Se quedó encantada.

Cuando entraron en el antedespacho de Stanley, Erin descubrió que tampoco reconocía a su secretaria. Pensó que la rotación de empleados en Marshall Company debía de ser muy alta. Bea se había quejado del mismo problema en su empresa. El despacho forrado en maderas nobles contenía una mesa de reuniones, estanterías, un enorme escritorio y un sofisticado equipo informático. Un inmenso ventanal daba al centro comercial rodeado de jardines.

—Bonita vista —comentó ella.

—Gracias —le señaló un sillón antes de sentarse ante su escritorio—. Por teléfono me hablaste de un adelanto sobre tu pensión trimestral, ¿no?

—Sí, la última la doné a mi fundación —explicó Erin—. Sé que hasta enero no tengo que recibir la siguiente, pero las circunstancias han cambiado.

—No hace falta que me expliques nada. ¿Cuánto necesitas?

—No sé. . . Unos cuantos miles, supongo.

—¿Solamente? Erin, perdona, pero no entiendo la necesidad de utilizar cantidades tan pequeñas. . .

—Yo no quiero reducir mi capital. Mi fundación vive de esos ingresos.

—¿Eres consciente de que tu fondo asciende a más de treinta millones de dólares?

—¿Qué? —parpadeó asombrada—. Yo creía que eran diez millones.

—Como propietaria de la mitad de Marshall Company, tienes derecho a recibir también la mitad de los beneficios anuales. Tú misma me pediste hace dos años que añadiera esas rentas a tu fondo.

—Me había olvidado —esperaba que no pareciera tan ignorante de esos asuntos como se sentía—. Después de la muerte de papá me quedé como una sonámbula. No me acuerdo de eso.

—Me diste las instrucciones personalmente. También me dijiste que refinanciara la mayor parte de los beneficios de la inversión porque temías que los pagos abrumaran a la fundación. Yo me ofrecí a enviarte un informe completo trimestral, pero tú me dijiste que no hacía falta, ya que de todas formas no lo entenderías.

¿Realmente le había dicho una estupidez semejante? Al parecer, sí.

—¿Me estás diciendo que si quisiera ahora mismo podría recoger un cheque por millones de dólares?

—No es tan sencillo —admitió—. El dinero está en acciones y bonos del estado, y perderías una parte si intentaras liquidarlo con demasiada rapidez. Sin embargo, estoy seguro de que podría conseguirte lo que necesitaras.

Erin sintió una punzada de vergüenza al darse cuenta de que en aquel momento podía pedirle tranquilamente a aquel hombre un millón de dólares y recibirlo sin mayor demora. Era ridículo. Tantísimo dinero y ella no había hecho nada para ganarlo. Desvió la mirada hacia el ventanal para contemplar el centro que su padre había levantado. Era millonaria, poseía treinta millones de dólares, si no más, y... ¿qué había hecho con ello? Donar pequeñas cantidades aquí y allá. Con ese dinero, no sólo podría sufragar todos y cada uno de los proyectos del centro escolar, sino también comprar el viejo muelle de lago y financiar una reserva natural protegida, por ejemplo. Y tenía que haber muchos más proyectos que redundaran en beneficio público, de toda la comunidad.

Había llegado la hora de dejar de ser modesta. De momento, debería pedirle a Stanley dinero suficiente para contratar guardaespaldas si acaso Joseph volvía al trabajo, o si ella misma necesitaba buscarse otro lugar donde vivir. No podía seguir abusando de su hospitalidad.

—Cien mil dólares entonces —intentó no ponerse nerviosa al pronunciar la cantidad.

—No hay problema. Los transferiremos directamente a tu cuenta de ahorro, si quieres.

—Sí, eso estaría bien. . .

Por el intercomunicador, Stanley pidió a su secretaria que se encargara del asunto.

—Si necesitas más, no dudes en pedírmelo. Ahora mismo no sé dónde estás residiendo, pero si necesitas una vivienda, en eso también puedo ayudarte. Ya sabes que la compañía posee un montón de propiedades.

—De momento estoy en casa de un amigo.

—¿El inspector Lowery?

Erin se dijo que debía de haberlo leído en los periódicos. O quizá se lo había mencionado Chet.

—Tu padre lo apreciaba bastante.

—Lo sé —repuso, agradecida por aquel comentario.

—¿Hay algo más que pueda hacer por ti?

Estaba a punto de responder negativamente cuando recordó su decisión de empezar a asumir mayores responsabilidades en la empresa.

—Me temo que he descuidado mis obligaciones como copropietaria de la compañía. Me gustaría remediar eso.

—No has hecho nada malo —le aseguró Stanley.

—Alguna gente calificaría mi comportamiento de inmaduro, y tendría razón. Me quedé tan traumatizada cuando murió papá que no quise tener nada que ver con todo este dinero. Pero eso tiene que cambiar.

Stanley se aclaró la garganta.

—Bueno, pues yo estoy a tu disposición. ¿Qué tipo de información te gustaría conocer?

—Todo —dijo en un impulso—. Un informe completo de dónde tengo actualmente invertido el dinero, la tasa de retorno, y todo lo que ha sucedido durante los dos últimos años —al ver su expresión de sorpresa, añadió—: No me refiero ahora mismo. Obviamente, supongo que te llevará cerca de una semana.

—¿Te refieres a tu participación en la compañía?

No la extrañaba que lo hubiera tomado desprevenido.

—No, solamente a mi fondo. Estoy segura de que lo tendrás todo actualizado, ¿no?

—Desde luego. Te conseguiré ese informe. ¿Hay alguna razón detrás de esa petición o es simple curiosidad?

—Pienso quedarme en Sundown Valley. Chet se marchará si gana las elecciones, y dado que mi madre no se encuentra muy bien, tendré que tomar un papel más activo en la compañía —sabía que estaba obligada a ello—. Si no te importa, te utilizaré como mentor. Vas a tener que educarme en estos temas.

—Será un placer —repuso Stanley, tamborileando con los dedos sobre la mesa—. Espero que reflexionarás sobre... verás, si Chet nos deja, he estado pensando en aspirar a su puesto. Soy consciente de que querrás entrevistar a otros candidatos, pero espero que mi experiencia en la empresa contará a mi favor...

—Desde luego —le aseguró Erin—. Y mi padre siempre confió en ti. Eso no se olvida.

Aliviado, Stanley se levantó para acompañarla hasta la puerta.

—Estaremos en contacto —le estrechó la mano—. Tendrás a tu disposición la información que has pedido.

—Gracias.

Mientras pasaba por delante del mostrador de la secretaria, Erin se dijo que, al fin y al cabo, la gestión no le había llevado demasiado tiempo. La entrevista de Joseph con el antiguo comisario probablemente se alargaría más.

Pulsó el botón del ascensor. Un instante después apareció frente a ella un hombre alto y rubio, mirándola con expresión sorprendida.

—Chet. Yo . . .

—Erin —tomándola del brazo, la guió hacia su despacho—. Precisamente quería hablar contigo.

Intentó pensar en un pretexto cortés para negarse. Pero antes de que pudiera encontrar uno, Chet la hizo entrar en su despacho y cerró la puerta.

La casa donde vivía Manuel Lima con su mujer ocupaba el final de una calle en Rainbow Acres, una urbanización levantada diez años atrás por la constructora de Marshall Company. Por teléfono, Lima se había mostrado más que dispuesto a hablar con él. No le había mencionado las noticias de los diarios de la mañana, ni Joseph tampoco. Aparcó delante de la puerta.

Le abrió Lourdes Lima, una mujer corpulenta, de pelo veteado de gris. Para su sorpresa, lo recibió con un cariñoso abrazo. Profesora jubilada de español en el instituto, durante cuatro años lo había tenido como alumno.

—No sé muy bien lo que está pasando —le espetó—. Pero si sé una cosa: que tú estás del lado bueno. ¿Te apetece un café con churros?

—¡Desde luego» —no había vuelto a probarlos desde que la señora Lima los llevaba a su clase de español, para delicia de los chicos.

—Mi marido está en el jardín. Pasa, por favor.

Joseph encontró allí a su antiguo jefe, haciendo un puzzle bajo una sombrilla de playa.

—Hola, Lowery —se levantó pesadamente para estrecharle la mano. Aunque rondaba los setenta años conservaba su espeso pelo negro, con un mechón blanco que le caía sobre la frente—. Tienes buen aspecto.

—Y usted también, jefe.

—Has estado muy ocupado. Estropeas una boda importante y tropiezas con un cadáver, todo en el mismo fin de semana.

—Por lo visto, no dejo crecer la hierba bajo mis pies —repuso Joseph, irónico.

—Dijiste que querías hablarme del asesinato de Nguyen —como siempre, Lima fue directamente al grano—. ¿Ves alguna conexión con el accidente de Erin Marshall?

—Como sospechoso del crimen, Todd Wilde fue interrogado por su paradero aquella noche. Ayer, poco después de que alguien lo viera rondando la casa de Alice Bolding, apareció muerto, con su cuerpo flotando no muy lejos de donde ella estuvo a punto de ahogarse. Son demasiadas coincidencias.

—La noche del asesinato de Nguyen, Wilde presentó un testigo con una coartada irrefutable. Supongo que leerías el informe.

—Pensé que si lo sacaba de los archivos levantaría sospechas. Así que utilicé el archivo informático del periódico del pueblo.

—Muy hábil.

Lourdes llegó en aquel momento con la bandeja del café y los churros. El aroma y el aspecto eran irresistibles.

—Mi mujer suele hacerlos una o dos veces al mes —le dijo Lima—. Tu visita no ha podido ser más oportuna.

—Adelante. Y procurad no mancharos la ropa de azúcar.

—Sí, mamacita —se burló Manuel.

Joseph probó el primero y lo saboreó con delectación

—Esto es lo más cerca del cielo que se puede llegar sin morirse.

—Bueno, ya no me acuerdo de por dónde íbamos —el antiguo comisario retomó la conversación—. ¿Qué es lo que quieres saber?

—Para empezar, ¿quién le proporcionó la coartada a Todd Wilde?

—¿Te suena el nombre de Marie Flanders?

Joseph se sobresaltó tanto que a punto estuvo de derramar el café.

—No sabía que estuviera envuelta en el caso.

—Ella juró que Wilde había pasado la noche con él en un local de Los Ángeles. ¿Por qué pareces tan sorprendido?

—Está desaparecida —y pasó a revelarle los detalles.

—Teniendo en cuenta lo que le pasó a Wilde, la situación de esa mujer me preocupa —le confesó Lima—. Siempre me pareció una joven muy problemática, pero hace años que no sé nada de ella. Esperaba que hubiera enderezado un poco su vida.

—¿Cree en su testimonio?

—No me corresponde a mí decidir eso, sino al fiscal. Ya lo sabes.

—Pero supongo que tendría una opinión propia al respecto...

—Tal vez fuese verdad —se encogió de hombros—. Por otro lado, me pareció el tipo de mujer capaz de mentirle a cualquiera si se lo pedía su novio.

—¿Qué hay de Alfonso Lorenz?

—Su madre juró que aquella noche salió temprano del trabajo. Según su versión, tu padre le dijo que se marchara a casa.

—¿La creyó usted?

—¿Quién sabe? Era su madre, ¿no? —después de tomar otro sorbo de café, añadió—: No encontramos las joyas en el registro que hicimos en su casa, pero eso no quiere decir que no estuvieran escondidas en alguna parte. Más tarde, cuando abandonó el país, el fiscal no lo consideró evidencia suficiente para reabrir el caso.

—¿Qué me dice del comisario Norris?

—¿Qué quieres saber de él?

—¿Alguna idea de dónde estuvo aquella noche?

La pregunta quedó flotando en el aire.

—Parece una insinuación. ¿Tienes algún motivo para sospechar?

—¿Y usted?

—Yo no presté declaración como testigo —le recordó el antiguo comisario.

—Lo siento —Joseph suspiró profundamente antes de preguntarse con tono formal, retórico—: ¿Tengo yo alguna evidencia que pueda relacionarlo de alguna manera con el asesinato de Nguyen? No —se respondió a sí mismo—. Sólo la incómoda sensación de que es posible que no sea del todo inocente.

—Eso también me lo he preguntado yo.

—¿De veras?

—Yo tampoco tengo prueba alguna, pero pese a sus antecedentes con el alcohol, me pareció del todo absurdo que una persona como tu padre pudiera cometer un crimen semejante. Y también me lo pareció la explicación de que estaba tan borracho que se cayó de espaldas y se golpeó en la cabeza. Sobre todo cuando nunca llegó a saberse contra qué se golpeó exactamente.

—¿Qué me dice del abogado defensor?

¿Tan incompetente fue?

—Hizo un trabajo decente, pero nada brillante. Tu familia no podía permitirse un gran abogado, de esos que se ocupan de todos los detalles.

—Volvamos al comisario Norris. ¿Quedó usted satisfecho con su investigación?

—Si no hubiera sido así, habría puesto a otro al frente del caso —respondió Lima.

—Pero usted dijo que tenía sus dudas sobre él.

—Las dudas vinieron después. Por ejemplo, se opuso firmemente a que te contratase. Y no entiendo por qué Edgar pretendió echarte en cara a ti lo que pasó con tu padre a no ser que tuviera la conciencia culpable.

—Gracias —dijo Joseph—. ¿Algo más?

—Cuando me enteré de que había sido elegido miembro de la dirección del club de campo, pensé por primera vez que tal vez a Edgar le importaba mucho más el dinero de lo que le importó a tu padre. Lo que significa que pudo tener un motivo mayor para andar detrás de esas joyas. Pero estoy seguro de que no estuvo involucrado directamente en lo que sucedió aquella noche.

—¿Por qué?

—Tenía una coartada perfecta.

—Ninguna coartada lo es —replicó Joseph—. Quien testificó por él pudo haber tenido sus razones para hacerlo. ¿Con quién estuvo Norris aquella noche?

—Conmigo —respondió el antiguo comisario.

Capítulo 11

Erin se liberó bruscamente de Chet.

—Si estás enfadado por lo que cuentan hoy los periódicos, lo siento. Cuando decidí salir a dar un paseo en la lancha, no podía imaginarme que terminaría encontrando un cadáver.

—No estoy enfadado. Y no es de eso de lo que quería hablar contigo.

Tenía la mirada opaca. Erin no podía evitar una sensación de irrealidad cuando hablaba con él. Había estado a punto de casarse con un hombre al que apenas conocía.

—¿Cómo te sientes, por cierto?

—Un poquito atontada —respondió, estremecida. Aunque nunca la había maltratado, no podía olvidarse del tono amenazador que había utilizado con ella el domingo—. ¿De qué quieres hablar, entonces?

Chet le señaló una silla, pero ella negó con la cabeza y se quedaron los dos de pie, esperando cada uno a que el otro hiciera el primer movimiento.

—Tengo que darte un mensaje de tu madre.

—¿Qué pasa?

—Llamó esta mañana después de leer la noticia del periódico. Estaba muy preocupada de que hubieras salido al lago sin encontrarte todavía bien. Por cierto, ¿qué estabas haciendo allí?

—Joseph pensó que me sentaría bien tomar un poco el aire —respondió. No pensaba contarle nada—. ¿Lo conocías?

—¿A quién?

—A Todd Wilde —no tenían por qué haberse conocido. Aun así, había aprendido de Joseph que era mejor hacer una pregunta aparentemente innecesaria que arriesgarse a omitir una importante. Cuando Chet negó con la cabeza, no vio señal alguna de culpa en su expresión.

—Me temo que no. Pero volviendo a lo de antes, tu madre me preocupa.

—Y a mí —repuso Erin—. Mira, Lance me prohibió que volviera a telefonear a casa y detestaría tener que discutir otra vez con él, así que por favor pídele que me llame ella directamente. Tiene mi número de móvil.

—Creo que no eres consciente del pésimo estado en que se encuentra.

—¿Es que hay algo que no me haya dicho?

—un nudo de terror se cerró en su pecho.

—No soy yo quién para decírtelo.

—¡Chet!

Le lanzó una mirada escrutadora:

—No quiere preocuparte, pero creo que tienes que saberlo. Erin, tu madre tiene cáncer.

Cáncer. La palabra fatídica quedó suspendida en el aire. No quería perder a su madre. Tan preocupada como había estado por su accidente, no lo había sospechado en ningún momento.

—¿Qué tipo de cáncer?

—De pecho. La están tratando en el centro de oncología de Sundown Valley. Ya sabes que están dotados de la tecnología más avanzada, y están llevando el tratamiento con mucha discreción. No quieren que la gente la vea hasta que el cabello le vuelva a crecer.

—Por eso últimamente ha estado evitando a todo el mundo... —intentó asimilar sus palabras—. ¿Cuándo se lo diagnosticaron? ¿Tiene algo que ver con su accidente?

—Llevaba en tratamiento desde antes. Salió a pasear en lancha para aclararse un poco la cabeza. Al parecer sintió náuseas y perdió el equilibrio cuando se inclinó demasiado sobre la borda del bote. Por eso se cayó.

—¡Debiste habérselo dicho a la policía!

—¿Tienes idea de cuánta gente habría tenido acceso a ese informe policial? Ella misma se negó a hablar.

—Lo entiendo. Pero ojalá me lo hubiera dicho a mí.

Alice debió de pensar que con ello estaba protegiendo a su hija. Pero no era verdad. Los secretos sólo conseguían empeorar las cosas. Y ya habían malgastado todo el tiempo que habrían podido disfrutar juntas.

—Se alegrará cuando le diga que te he visto, aunque me recriminará que no haya sido capaz de mantener la boca cerrada —dijo Chet—. Le pediré que te llame.

—Por favor, dile que es importante —aunque aquella información cuestionaba sus sospechas hacia Lance, seguía sin confiar en él. Estaba segura de que, el día de la boda, su terminante orden de que dejara en paz a su madre no había tenido relación con el cáncer.

Cuando Chet fue a tomarle las manos, Erin dio un respingo y se apartó.

—Me temo que sigues teniendo una mala imagen de mí, ¿verdad? Seguro que hay alguna forma de que podamos arreglarlo. Lamento haberte mentido. Pero en un momento como éste, con tu madre enferma, creo que deberíamos volver juntos.

—Nunca me casaré contigo —le espetó en un impulso—. No te quiero.

—Todo estaba perfectamente hasta que ese policía empezó a meter las narices en esto —masculló, irritado—. Quiere limpiar el nombre de su padre y te usará a ti para conseguirlo. Tú eres lo suficientemente inocente como para confiar en él, pero yo estoy seguro de que tiene una agenda oculta...

—No me subestimes. Estoy cambiando, en caso de que no lo hayas notado. ¿Te enteras?

—Hablas como tu padre.

—Me alegro. Pienso seguir haciéndolo.

Para su sorpresa, Chet se echó a reír.

—Mejor para ti.

—¿Hablas en serio?

—Quizá sea cierto que te he subestimado. Siempre pensé que estábamos hechos el uno para el otro. Ahora estoy convencido.

Esa no era la reacción que ella había esperado.

—Pues yo me alegro de que te guste mi nueva personalidad. Pero aún sigues teniendo un no por respuesta.

—Te prometo que trabajaré en ello.

—Si quieres puedes empezar por abrirme la puerta, porque me voy.

Le hizo una burlona reverencia y le abrió la puerta. Incluso la acompañó hasta el ascensor.

—Llamaré a tu madre hoy mismo. Seguro

que querrá verte.

—Gracias —intentó disimular su alivio cuando entró en el ascensor. ¿Cómo había podido imaginar que sería capaz de vivir con un hombre así?

Salió del edificio. Al otro lado de la calle se levantaba el centro médico de Sundown. Quince años atrás, había asistido a la inauguración del departamento de oncología que habían financiado sus padres. En aquel entonces no había podido imaginar que algún día un miembro de su familia sería tratado allí. El aspecto de Alice no presagiaba nada bueno. Absorta en aquellos pensamientos, no vio la furgoneta que salía del aparcamiento del hospital.

Detrás de una fila de árboles, giró hacia ella. Al ver el reflejo de las hojas en el parabrisas, se le aceleró el corazón. Tal vez no tuviera una idea muy clara de lo que había sucedido aquel día de hacía mes y medio, pero algo sí que recordaba. Un parabrisas. Una mirada fija. Alguien al volante. La furgoneta enfiló hacia ella, ganando velocidad. En cualquier momento dejaría la carretera. Erin empezó a correr. Resbaló en la acera y se tambaleó, perdido el equilibrio. No, aquello no podía estar ocurriendo otra vez...

La furgoneta pasó a su lado y siguió adelante, acelerando. Al volante iba una mujer de edad mediana, con la mirada fija al frente. No parecía haber visto a Erin. En medio de la calle había un gran bache. Debía de haber girado hacia ella para esquivarlo.

La furgoneta dobló una esquina y desapareció. La adrenalina circulaba a torrentes por sus venas. No había estado realmente en peligro, pero aun así tenía esa sensación. Poco a poco empezó a respirar normalmente de nuevo. Decidida a concentrarse en sus asuntos, se dirigió a la sucursal más cercana de su banco. Todavía disponía de tiempo suficiente para retirar efectivo de su recientemente abultada cuenta.

Mientras esperaba a que le entregaran doscientos dólares, pensó en lo que habría pasado con todo aquel dinero si aquella furgoneta la hubiera matado. Alice podía estar muriéndose. Si Erin perecía también, Lance Bolding se quedaría con todo. El oportunista que había enamorado a su madre en un crucero podía terminar apoderándose de la compañía que su padre había dedicado toda una vida a crear. Se negaba a asumir ese riesgo. Detrás del banco estaba el bufete de abogados Horner and Fitch, donde trabajaba la madre de Joseph. Cuando salió de la sucursal, ya estaba decidida a revisar su testamento. Si Joseph llegaba antes a la heladería, tendría que esperar.

En el mostrador principal, Suzanne la saludó con alegría.

—Estoy segura de que Abe tendrá tiempo para recibirte —le dijo una vez que se enteró del motivo de su visita—. Espera un momento.

Segundos después el abogado hacía pasar a Erin a su despacho. Abe Fitch se mostró, como siempre, extremadamente solícito. Le aseguró que podía cambiar su testamento sin ningún problema. Aunque requeriría unos trámites, ya que se necesitaba elaborar un nuevo documento para su firma, podrían hacerlo aquel mismo día si no quería esperar.

Todavía nerviosa por lo sucedido con la furgoneta, aceptó cambiarlo cuanto antes. Ahora que ya había tomado una decisión, prefería meterse a fondo. Cuando le comentó que quería retirar el nombre de su madre del testamento, Abe tuvo el buen tacto de no preguntarle por qué. Necesitaba dejar su legado a un individuo de toda confianza.

—Quiero legar mi participación en Marshall Company a mi buen amigo Joseph Lowery —le dijo al abogado.

La noticia quebró el trazo de la letra del abogado. Erin alcanzó a ver un borrón en el papel amarillo.

—¿Él está enterado de esto?

—No. ¿Debería estarlo?

—No necesariamente. Sólo tengo que asegurarme de que no existe coacción ni influencia ilícita sobre usted, a fin de que nadie pueda impugnar posteriormente el documento.

—La idea es enteramente mía. Confío ple-
namente en Joseph, si es que todo este legado llega a sus manos. Sé que sabrá hacer un
buen uso de él.

—A mí siempre me ha gustado ese joven
—Abe le hizo unas cuantas preguntas más
antes de añadir—: Haré que Suzanne pase el
texto a máquina. Guardaremos una absoluta confidencialidad. Contamos también con
personas dispuestas a hacer de testigos de
un documento cuando alguno de nuestros
clientes tiene prisa.

—Estupendo.

Despacharon el asunto en una hora. Mientras lo firmaba pensó en el efecto que aquel
simple papel causaría sobre Sundown Valley,
si llegaba a morir. Sacudiría la población
hasta sus cimientos. Para cuando llegó a la
heladería con el documento en el bolso, Joseph estaba saboreando un batido.

—Lo siento, pero no he podido esperar.

—Perdóname el retraso.

Joseph la puso al tanto de su entrevista con
Lima.

—Su mujer y él estaban dando una fiesta

la noche en que Binh Nguyen fue asesinado —le dijo después de ilustrarla sobre la coartada de Edgar Norris—. Y todo el mundo se quedó allí hasta por lo menos la una de la madrugada.

El reloj de la víctima, roto durante el forcejeo, se había detenido a las once y cuarenta y siete de la noche. Aunque eso no excluía la posibilidad de la participación de Norris en la planificación del crimen, Joseph tenía que admitir que pesaba gravemente a favor de su inocencia.

—En cierta forma, me alegro —comentó Erin—. Detestaría pensar que el padre de Tina estuvo envuelto en algo tan horrible.

—Pero alguien culpó injustamente a mi padre —replicó Joseph, terco—. Si no fue él, alguien tuvo que ser.

—¿El comisario Lima te hizo alguna sugerencia?

—No. Pero me contó algo interesante sobre Todd Wilde. Tu tía Marie le regaló una coartada para esa noche.

Erin le pidió detalles.

—Se lo dirás a Rick, ¿verdad? —le preguntó una vez enterada de todo.

—Ya lo he hecho —Joseph había hecho la llamada tan pronto como abandonó la casa del antiguo comisario—. Me dijo que conseguiría algunos buceadores para explorar el lago mañana, cerca de donde encontramos a Todd.

—Oh, Dios mío —exclamó, pálida—. Espero que no encuentren otro cuerpo. . .

—Eso espero yo también —Joseph agradeció el hecho de que Rick hubiera compartido con él detalles de la investigación, como si hubieran estado trabajando juntos oficialmente en el caso—. Fue a casa de los Bolding a averiguar por qué tu madre decidió contratar a Brandy Schorr como ama de llaves. Alice le dijo que Brandy tenía problemas para encontrar trabajo a la salida de la clínica de rehabilitación y que había sido una buena amiga de Marie.

—Mi tía no la llamó para recomendarla, claro está. . .

—No. Tu madre le dijo a Rick que llevaba cerca de un año sin saber nada de ella. Que simplemente decidió correr el riesgo de contratarla y que le salió bien.

—¿Cuándo ocurrió eso exactamente? —quiso saber Erin.

—La anterior ama de llaves abandonó la casa varias semanas antes del accidente de su madre —mientras investigaba el accidente, Rick había entrevistado a la señora Larosa. Aparte de que había decidido marcharse por culpa del detestable comportamiento de Lance, no había aportado ningún dato de especial relevancia—. Tu madre contrató a Brandy una semana depués.

—¿Crees que Todd estuvo espiando a Brandy?

—Tal vez. Tu madre no sabía nada —sinceramente, se vio obligado a añadir—: Y sin embargo, Brandy sostiene que hacía años que no sabía nada de Todd y que ignoraba completamente lo que había venido a hacer allí.

Erin dejó a un lado la cuchara, aunque aún no se había terminado el helado.

—Tú sospechas que él mató a Marie, ¿verdad?

Le parecía algo probable, pero prefería contemplar otras posibilidades.

—Si ella lo veía como una amenaza, tal vez logró esconderse en algún sitio. Bueno, ahora te toca a ti. ¿Qué has averiguado esta mañana?

—Nada bueno, me temo —repuso, estremecida—. Mi madre tiene cáncer. Lo está manteniendo en secreto.

—Lo siento —sabía lo muy afectada que debía de estar—. ¿Hay algo que yo pueda hacer?

—Tenemos que sacarla de esa casa. No me extraña que no se enfrente con Lance. Enferma de cáncer, no está en condiciones de oponerle resistencia.

—¿Alguna idea de cómo podemos hacerlo?

—Chet va a pedirle que me telefonee cuando Lance no esté presente.

—Espera un momento —Joseph se había quedado tan consternado por la noticia de la enfermedad de Alice que no le había preguntado por su fuente de información—. Yo tenía entendido que ibas a hablar con el director de finanzas. ¿Qué tiene que ver Chet en esto?

—Me encontré con él —explicó Erin—. Trabaja en la misma planta.

—¿Recurrió a sus trucos habituales contigo?

—Se comportó correctamente. No hizo nada que yo no pudiera controlar...

Joseph maldijo para sus adentros. Ansiaba protegerla. No le gustaba que se hubiera visto a solas con Chet, ni siquiera para hablar de su madre. Pero él no tenía ningún derecho sobre ella. Le pareció más seguro cambiar de tema.

—¿Qué pasó con el director de finanzas? ¿Te dio lo que le pedías?

—Mucho más. Unos cien mil dólares. Es increíble, hablaba de esas cantidades como si fueran calderilla...

Cien mil dólares. Joseph reprimió la tentación de soltar un silbido de asombro. Era una gran cantidad, pero sólo una mínima fracción de lo que Erin había heredado.

—Vaya, después de esto, creo que te dejaré pagar las compras que hagamos antes de volver a casa —se burló—. Ah, y podríamos comprar langosta y caviar...

—Yo preferiría salsa de espagueti y pan francés, si te parece bien.

—Me lo parece. No tengo cubiertos adecuados para comer langosta.

Se detuvieron en el supermercado de Grove Street. Sin que lo hubiera hecho explícito, Joseph era consciente de que Erin pretendía quedarse en su casa al menos durante unos días más. Pensó que tenía dinero más que suficiente para vivir donde le apeteciera y rodeada de medidas de seguridad. Y parecía más que recuperada del estado de aturdimiento en que se encontraba momentos antes de la boda. Tal vez fuera egoísta por su parte al desear tenerla en su modesta casa, intentando protegerla solo...

¿Pero cómo podría protegerla un vigilante armado cuando el enemigo podía ser precisamente alguno de los conocidos de su círculo? Necesitaba alguien que conociera a los participantes en aquel juego. Un amigo que comprendiera cuáles eran los riesgos que merecía la pena correr y cuáles no.

—Ah, ha pasado otra cosa —le dijo Erin

cuando se dirigían a la cabaña.

—¿Qué?

—No creo que sea importante, pero en la puerta de Marshall Company una furgoneta se dirigió hacia mí. Aceleró y giró, y por un instante pensé que me iba a atropellar —se estremeció al recordarlo.

Joseph se maldijo en silencio por no haber estado allí.

—¿Qué sucedió?

—Pasó a mi lado y siguió de largo. Sólo estaba evitando un bache.

—¿Viste al conductor?

—Era una mujer de mediana edad.

—¿Te resultó familiar?

—No, y no creo que ella se fijara en mí — se recogió un mechón detrás de la oreja—. Pero lo más curioso es que tuve un flash de recuerdo, nada especial, sólo una mirada fija, como de odio, detrás de un parabrisas. Debía de ser de la furgoneta que me atropelló.

—Esa es una buena señal. Significa que los recuerdos están volviendo.

—¿Crees que todavía puedo recuperar la memoria? —preguntó, dudosa.

—Es posible —afirmó Joseph—. ¿Quieres que hagamos un experimento?

—De acuerdo.

—Relájate y deja vagar la mente —le pidió mientras se desviaba por Little Creek Lane—.

No te concentres en el accidente. Piensa en lo que debiste haber hecho aquella noche trabajando en el carnaval, hablando con tu jefa... Piensa en cosas que no tengan ninguna carga emocional.

Un deportivo pasó a toda velocidad en sentido opuesto. Joseph reconoció en el conductor a uno de sus vecinos. Erin había apoyado la cabeza en el respaldo.

—Casi puedo sentir el sabor de la barra de chocolate, y luego me siento con el estómago vacío. Como si todavía tuviera hambre. No tiene sentido.

—¿Pensaste en comerte una y luego te reprimiste?

—No. ¡Espera! —frunció el ceño—. Había un niño...

De repente algo resonó a su derecha.

—¡Agáchate! —instintivamente, Joseph dio un volantazo.

Erin se agachó todo lo que le permitía el cinturón de seguridad. Quienquiera que le s estuviera disparando, había alcanzado al coche.

El tirador no había demostrado tener mucha puntería. Pero todavía podía matarlos.

CAPÍTULO 12

—¿Estás herida? —oyó Erin que le preguntaba Joseph mientras hundía el pie en el acelerador.

—No —hecha un ovillo, esperó a escuchar el siguiente disparo. Cuando lo oyó, se puso a temblar. Fueron varios.

—¿Joseph? —le temblaban tanto los labios que apenas podía pronunciar su nombre.

—Estoy bien.

Tomaron una curva. Los siguientes disparos se escucharon más lejos. Erin rezó para que eso significara que habían escapado del campo de fuego del tirador.

—Si puedes sacar tu móvil, llama a emergencias.

Rebuscó en su bolso hasta que lo encontró. En su nerviosismo, se le cayó varias veces. Estaban entrando en la carretera que llevaba a la cabaña cuando respondieron a la llamada.

—Dile que hay un francotirador en Little

Creek Lane —pronunció con voz ronca.

—Ahora mismo envío a alguien —pronunció la operadora—. Permanezcan en contacto.

Entró directamente en el garaje, frenando a pocos centímetros de la pared.

—No te muevas —le ordenó—. No estaré muy lejos.

—¿Pero no deberíamos quedarnos los dos aquí, agachados?

—Es mejor así —sacó su arma—. No pienso dejar que se escurra hasta el garaje y nos mate sin que podamos defendernos.

Mientras lo veía salir del coche en cuclillas, la sangre le atronaba en los oídos. Rezó para que saliera indemne. La operadora de emergencias le hizo otra pregunta por el móvil. Hablando en susurros, Erin le describió lo que estaba sucediendo.

—Joseph ha salido a echar un vistazo.

—¿Ha visto a alguien? ¿Tiene la descripción de algún vehículo?

—Creo que nos disparó desde el bosque. No pudimos verlo.

—Tengo dos coches en camino.

Como confirmando aquellas palabras, Erin escuchó el distante sonido de una sirena.

—Gracias.

De repente se abrió la puerta. El corazón estuvo a punto de salírsele del pecho hasta que vio a Joseph, despeinado, con gesto serio.

—El disparo alcanzó al coche muy cerca del depósito de gasolina. Tuvimos suerte. Unos centímetros más y habría explotado.

Erin se negaba a pensar en lo que podía haberles sucedido.

—¿Algún rastro de él?

—No. Si es listo, se habrá escondido en el bosque antes de la llegada de los coches patrulla. De todas formas será mejor que permanezcamos agachados, por si acaso.

Erin alzó una mano para acariciarle una mejilla.

—¿Sabes? Me alegro de que estés aquí.

—Y yo también —le besó la mano.

Poco después aparecía el primer coche patrulla. Joseph enfundó su arma. El segundo no tardó en hacer acto de presencia, al tiempo que un helicóptero de la policía sobrevolaba la zona. Una dotación entera de agentes se dedicó a peinar el bosque. Varios vecinos de las cabañas cercanas decidieron pasarse por allí, llenos de curiosidad y preocupación. Fueron los primeros en ser interrogados.

—Supongo que sospecharás de todo el mundo —le comentó Erin mientras Joseph la hacía entrar en la cabaña.

—Y que lo digas. Los sospechosos a menudo vuelven a la escena del crimen. Eso los fascina. Ha venido Rick. Será mejor que hable con él.

—Voy contigo.

—No. Quédate dentro. Está claro que tú eres el principal objetivo. Ese francotirador puede estar lo suficientemente desesperado como para intentarlo otra vez.

—De acuerdo —reacia, se quedó donde estaba. Joseph cerró la puerta, dejándola a solas con sus pensamientos.

Se preguntó quién habría sido. Le resultaba inimaginable que alguien pudiera odiarla tanto. Demasiado nerviosa para quedarse sentada, estaba paseando de un lado a otro cuando se le ocurrió algo. Si alguien había querido eliminarla, quizá también había atentado contra la vida de su madre...

Le telefoneó a casa. A la segunda llamada contestó la voz de Lance.

—Bolding.

—Soy yo, Erin —se aclaró la garganta—. Quiero hablar con mi madre.

—Te dije que no llamaras.

—Alguien acaba de dispararnos. A mí y a Joseph.

—¿Algún herido?

—No.

—Escúchame, Erin —pronunció después de un largo suspiro—. Mantente alejada de tu madre. ¿entendido?

—¿Y si no quiero?

—Ahórrate ese tono de desafío. Mezclarte con ella te perjudicará. ¿Está claro?

—Hablaré con mi madre cuando quiera hacerlo. Nuestra relación no es de tu incumbencia.

Como respuesta, cortó la llamada. Erin se quedó hirviendo de rabia, hasta que tomó conciencia de la ironía de la situación. Al menos ahora sabía que Lance no había sido el francotirador. De hecho, ella misma le había regalado una coartada.

Inquieta, fue a la cocina y preparó una cafetera. Supuso que a los policías les apetecería tomar algo, así que llenó una bandeja de tazas y la llevó al salón. Poco después entraban Rick y Joseph. Se dirigieron directamente al café.

—Gracias, Erin.

El policía Ricardo Valdez se sirvió una taza, mirándola pensativo. Su aire de tranquila confianza le recordaba a Joseph. No le extrañaba que a Tina le gustara tanto.

—¿Estás en condiciones de hablar?

—Creo que sí. ¿Ha habido suerte con la búsqueda?

Ambos negaron con la cabeza.

—Quienquiera que sea, ha huido —dijo Joseph—. Sin embargo, dejó un pequeño regalo en el maletero de mi coche.

—¿Qué tipo de regalo?

Rick se sacó de un bolsillo un pequeño sobre transparente de prueba pericial. Contenía una bala.

—Atravesó la chapa del coche e impactó en el maletero.

—¿Ayudará eso a atraparlo? —preguntó Erin.

—Sólo si encontramos un arma con la que compararla —contestó Rick—. Una cosa es segura. No procede de la misma que disparó el proyectil que encontramos cerca del cadáver de Todd Wilde. Es un calibre diferente. Podría ser de un rifle de caza, lo que tendría sentido dadas las circunstancias.

—Dos armas diferentes. Eso quiere decir que más de una persona está involucrada —comentó ella. Era un inquietante pensamiento.

—O de un tipo que posee dos armas —apuntó Joseph.

Rememoraron con Rick todo lo que habían hecho aquel día. Erin vaciló cuando se disponía a contarle su visita al bufete de abogados. De todas formas no tenía por qué revelarle el contenido de su último testamento. Bastaba con decirle que lo había revisado.

—Te felicito —le dijo Joseph. Evidentemente suponía que había legado su dinero a la Fundación Amigo de un Amigo.

Ya era de noche cuando terminaron con las declaraciones. El agresor había escapado, no dejando atrás huellas o rastro alguno... sólo la bala. Cuando todo el mundo se hubo marchado, se prepararon unos espaguetis y se sentaron a cenar. Erin se sentía con la obligación de articular alguna teoría que explicara lo sucedido, pero estaba mentalmente agotada. Afortunadamente, Joseph se dedicó a describirle los deliciosos churros de la señora Lima.

—Uno de estos días me gustaría darme una vuelta por México para ver si allí los hacen tan bien como ella.

—Pues a mí no me importaría acompañarte —le habría encantado visitar los restos arqueológicos de los que tanto había leído. Su padre le había hablado a menudo de viajar a México, pero a pesar de su desahogada posición económica, nunca había tenido tiempo para hacerlo.

—Podríamos hacer un recorrido gastronómico de México D.F. a Buenos Aires.

—Ya, y bajaríamos rodando por el Machu Pichu...

Sus miradas se encontraron. La vela los bañaba en su cálido círculo de luz amarilla. Por debajo de la mesa, Erin era intensamente consciente del roce de sus rodillas.

—Por supuesto, siempre podríamos quedarnos en casa y aprender a hacer churros nosotros mismos —dijo Joseph.

Erin buscó una respuesta ligera, pero fracasó miserablemente. El silencio se fue prolongando.

—¿Qué te pasa?

Contestó casi sin pesar:

—Hoy pudimos haber muerto. No quiero ser morbosa, pero no dejo de pensar en eso.

—Podemos morir cualquier día, en cualquier momento —repuso él—. Es el riesgo que corremos por estar vivos.

—¡Hablas como un policía! —sacudió la cabeza—. ¿Es que lo que nos pasó no te ha afectado en nada?

—Bueno, me alegro de que hayamos sobrevivido.

Erin deseó poder tomarse todo aquello con la misma tranquilidad que él. Tal vez no pudiera evitar que su misterioso agresor dejara de perseguirla, pero detestaba el poder que tenía de aterrorizarla. Si la perspectiva de la muerte no le resultara tan terrible...

—¿Cómo evitas tú tener miedo? —le preguntó—. Hoy, cuando saliste del coche con tu pistola, no vacilaste lo más mínimo.

—Esas cosas no me molestan. Vivir mal, desperdiciar mi vida, corromperme... a eso sí que le tengo miedo. O a que me tiendan una trampa y perderlo todo, como le ocurrió a mi padre. Pero no a la muerte, sobre todo si es rápida y limpia.

—Supongo que es por eso por lo que eres quien eres —al ver su expresión de desconcierto, se apresuró a explicarse—. Sabes lo que supuestamente tienes que hacer en la vida y te has colocado en el buen camino. Si no llegas hasta el final, al menos sabrás que has avanzado todo lo posible, que has llegado lejos.

—No estoy muy seguro de comprender esa filosofía, pero me lo tomaré como un cumplido.

—Lo es. Por eso tienes esa especie de serenidad interior. Yo, la mitad del tiempo, me siento cansada, vencida. Siempre he sabido más o menos lo que tenía que hacer en cada momento, pero me preocupa lo que pueda pensar la gente y temo continuamente estar cometiendo un error...

—Los errores forman parte del camino. La clave consiste en no repetirlos.

—¡Haces que todo parezca tan sencillo!

—Es que lo es —le aseguró Joseph—. Piensa en el siguiente paso y tómalo. No mires demasiado lejos si no quieres acabar como el ciempiés, que acabó en la cuneta porque no se acordaba de qué pie debía colocar después del otro.

De repente Erin advirtió que tenía una

brizna de hierba en el pelo. Se levantó, rodeó la mesa y se la quitó.

—Vaya, gracias —comentó divertido.

Pero ya no quería volver a su silla. En lugar de ello, se sentó en su regazo.

—¿Qué haces?

—Actuar por impulso.

Al principio pensó que la rechazaría, pero se equivocaba: la abrazó, atrayéndola hacia sí. Con la cabeza apoyada en su hombro, aspiró su aroma y se preguntó una vez más por qué habían tenido que estar tanto tiempo separados.

En otro impulso, lo besó en una comisura de los labios. Había llegado la hora de librarse de las inhibiciones. Al día siguiente, su agresor podía intentar un nuevo atentado y acertar mejor. ¿Por qué no satisfacer sus anhelos aquella misma noche?

—Bésame —le pidió.

—¿Estás segura?

—No discutas —replicó, tomándolo de la nuca.

Sus labios se encontraron. Por un instante creyó que iba a retirarse, pero no fue así. Lenta, tentadoramente, le devolvió el beso y deslizó la lengua en el dulce interior de su boca.

Erin se sintió estallar por dentro. Ansiaba explorar el cuadrado perfil de su mandíbula, su cuello fuerte y bronceado, el delicioso y masculino aroma de su piel, la textura de su pecho desnudo bajo su camisa. . .

Joseph le desabrochó el vestido y se lo deslizó por los hombros.

—Si es esto lo que quieres, cariño, yo soy el tipo indicado para dártelo —le murmuró al oído.

—No te detengas.

—Descuida —el vestido cayó al suelo, seguido del sostén. Abrazándola por detrás, le acunó los senos con las manos, ebrio de placer.

Las bajó luego a sus piernas, enfundadas en las medias, y la acarició hasta hacerle perder el aliento. Erin soltó un profundo suspiro que procedía directamente de su alma. Podía sentir su dura erección presionando contra sus nalgas. Debido a su experiencia, se había imaginado que el sexo era algo lánguido y romántico, asociado inevitablemente a sábanas de satén y exóticos perfumes, pero prefería aquella espontaneidad terrenal, primaria.

Cambiando de posición, le desabrochó el cinturón mientras él le bajaba el elástico de las braguitas. La agarró firmemente de las nalgas y, antes de que se diera cuenta, ya no había barrera de ropa que los separara.

—Espera un minuto, cariño —se llevó una

mano al bolsillo del pantalón.

—¿Un preservativo? —le preguntó. La otra noche le había dicho que no llevaba ninguno.

—A veces es mejor planificar las cosas —le mordisqueó suavemente la oreja.

De nuevo Erin se había pensado que todo había sido idea suya, cuando evidentemente él debía de haberlo adquirido antes, cuando estuvieron de compras.

—Te felicito.

—La verdad es que tampoco estaba esperando nada.

—Ya, claro —dado que parecía tener problemas, se ofreció a ayudarlo—. ¿Te echo una mano?

—No sabía que supieras.

—No es difícil de imaginar.

Y lo ayudó. Acariciarlo de esa manera y oírlo gemir de placer la llenó de euforia, de entusiasmo. Deseosa de excitarlo todavía más, continuó con sus caricias.

—Cariño, no creo que quieras seguir adelante.

—¿Por qué?

—No lo desperdiciemos —sentándola en su regazo, deslizó una mano por sus senos mientras, por abajo, la excitaba hasta ponerla al rojo vivo.

Incapaz de esperar por más tiempo, alzó las

caderas para que pudiera penetrarla. Algo, sin embargo, lo detuvo. . . su virgo, suponía. Pero la barrera cedió en seguida. Soltó un pequeño grito mezclado de gozo y dolor.

—¿Te he hecho daño? —le preguntó con voz ronca.

—No te detengas.

Y satisfizo su deseo. Nada en el sexo era como se lo había imaginado Erin. Ni su postura, sentada en su regazo; ni su salvaje, acuciante necesidad; ni la increíble fusión de sus cuerpos. Ni, sobre todo, aquella sensación de entrega incondicional.

Joseph entrelazó los dedos a su espalda y presionó la mejilla contra la suya mientras empezaba a moverse. Erin jamás había sospechado que fuera posible fundirse de una manera tan absoluta con un hombre, ni sentirse tan feliz, tan realizada. La velocidad de su empuje se fue intensificando. Una chispa saltó entre ellos, inflamándolos por dentro.

Erin ya no pudo distinguir sus gemidos de placer de los suyos, anegada por olas de excitación que nacían de su sexo y se extendían por todo su cuerpo, hasta las puntas de sus dedos. Se derrumbaron el uno sobre el otro, saciados y aturdidos.

—No sabía —pronunció finalmente, en un jadeo—. No sabía que era así.

—Yo tampoco.

—Pero... —Erin se interrumpió. No quería hablar de su pasado. Le gustaba saber, sin embargo, que no había encontrado esa felicidad con nadie más.

Nunca había querido ni querría intimar tanto con ningún hombre. Para ella sólo existiría Joseph. Al menos siempre conservaría aquel recuerdo, mientras viviera.

Joseph descansaba abrazado a Erin en la gran cama de matrimonio. Quería detener el tiempo y seguir viviendo para siempre aquel instante, junto a ella. Sabía con qué facilidad podían separarse dos personas, a veces sin previo aviso, por sorpresa. Tenía que aceptar que eso podía ocurrir, y no dejar que esa posibilidad lo preocupara en exceso.

Por encima de todo, esperaba no haber hecho nada que pudiera herir a Erin. Quizá fuera algo ingenuo en aquellos tiempos, en los que para la gente el sexo no era más que una barata comodidad, pero para él la íntima conexión que habían compartido significaba mucho más. Significaba que, de alguna manera, siempre se pertenecerían el uno al otro.

Sabía perfectamente, sin embargo, cuál era su papel y el lugar al que pertenecía, aunque eso significara tener que demostrarse continuamente quién era a sí mismo y a la comunidad, que tal vez nunca llegara a aceptarlo del todo. Erin, por otro lado, todavía no había llegado a reconciliarse con su propia riqueza y posición. Cuando lo hiciera, Joseph tendría que prepararse para una separación definitiva.

Al menos tenía aquella noche, y quizá algunas más antes de que llegara aquel momento. Era todo lo que pedía.

Tal y como Erin había esperado, el atentado del día anterior saltó a los titulares del periódico de la mañana. El reportaje de Lynn Rickles ocupaba buena parte de la página de portada.

—Me alegro de que no nos haya acribillado a llamadas de teléfono —dijo Erin mientras le entregaba el diario a Joseph. Estaban desayunando en la mesa de la cocina después de una maravillosa pero turbulenta noche, durante la que se despertaron dos veces para hacer el amor.

—Tal vez porque ni número no figura en la guía —repuso él.

—¡Y yo que creía que nos estaba tratando bien por pura amabilidad!

—Bueno, pues prepárate. Si esta historia no ha saltado ya a la prensa nacional o las cadenas de televisión, ten por seguro que no tardará en hacerlo. Un francotirador acechando en el bosque, una novia fugitiva y un cadáver en el lago. ¿Quién podría resistirlo?

—¿Crees que enviarán periodistas hasta aquí?

—Si se les ocurre hacerlo, los echaré de la propiedad —le aseguró Joseph.

Pero la prensa era la menor de las preocupaciones de Erin. La exigencia de Lance de que se mantuviera alejada de su madre no había hecho más que aumentar su preocupación por ella. Alguien tenía que estar furioso con ellos o tal vez tenerles miedo. O quizá esperaban ganar algo con sus muertes. El hecho de que Lance no hubiera disparado aquellas balas no lo convertía en inocente.

Joseph volvió la página del periódico.

—Gene Norris está haciendo todo lo posible por proteger a su candidato. Ha anunciado que Chet ofrecerá una recompensa por la captura de la persona o personas que te dispararon.

—Rick no lo considera un sospechoso, ¿verdad? —Erin suponía que su antiguo pretendiente tenía una evidente motivación para vengarse. De cualquier forma, estaba convencida de que él no había estado detrás de la agresión de un mes y medio atrás, cuando había tenido razones para creer que podía aceptar su propuesta, y sospechaba que la misma persona estaba detrás de ambos atentados.

Si al menos pudiera recordar aquellos tras-
cendentales momentos antes de ser atrope-
llada... Cuando oyó el primer disparo, una
borrosa imagen había asaltado su mente.
Algo acerca de una chocolatina... Pero era
inútil: de lo que había pensado, ya no recordaba nada.

Sonó el teléfono. Dejando a un lado el periódico, Joseph respondió.

—Diga.

Su expresión se oscureció mientras escuchaba. Erin tuvo un mal presentimiento.
«Mamá», pensó. «Que no le haya pasado nada
a mamá...». Vio que colgaba el aparato.

—Era Rick.

—¿Se trata de mi madre?

—No, no. Es sobre tu tía.

—¿Qué le ha pasado a Marie?

—Estábamos siguiendo la pista adecuada... afortunadamente.

A juzgar por su mirada, supo sin lugar a
dudas que no eran buenas noticias.

CAPÍTULO 13

—Dímelo —le pidió Erin.

—Lo primero que hizo Rick esta mañana fue enviar buceadores al lago —se sentó a su lado y le tomó las manos entre las suyas—. Han encontrado un cuerpo de mujer.

No quería preguntárselo, pero tenía que hacerlo.

—¿Es... ella?

—No están seguros, pero al parecer coinciden la estatura y la edad. Lleva mucho tiempo en el agua. La identificarán por las piezas dentales.

—¿Saben ya de lo que murió?

—No hay huella alguna de traumatismo, según Rick —explicó Joseph—. Es posible que se ahogara.

Erin se apoyó en él, agradecida por su calor. La imagen de su tía sumergida en el agua le helaba la sangre en las venas.

—¿Erin? ¿Qué te sucede?

Se sobresaltó como si la hubieran despertado de una pesadilla.

—No puedo evitar identificarme con ella. Tengo la sensación de saber perfectamente lo que ha sufrido y sentido...

—Todavía no estamos seguros de que sea Marie —le recordó Joseph—. Escucha, Rick me ha pedido que comamos con él para revisar lo que ya sabemos. Un encuentro estrictamente confidencial. No se lo ha dicho a nadie más, ni siquiera a Tina.

—¿Por qué? ¿Cree acaso que el comisario puede estar involucrado?

—No se puede descartar la posibilidad —una sombra pasó por sus ojos—. Somos afortunados de tener a Rick de nuestro lado.

—Está arriesgando mucho —señaló ella—. Su trabajo, incluso a su novia...

Erin pensó que Rick y Joseph siempre habían tenido mucho en común. Ambos eran hombres esencialmente íntegros y valientes.

—Me pregunto si alguien habrá pensado en comparar el calibre de los dos tipos de proyectil encontrados hasta el momento con el arma del comisario Norris.

—Será mejor que nos ahorremos esa sospecha... por ahora —repuso Joseph.

Joseph se acordó del comentario de Erin varias horas después, cuando se vieron con Rick en el Border Café. Estaba localizado en un barrio obrero, donde les resultaría difícil encontrarse con algún conocido. Era consciente de que guardar secretos era algo que cada vez les costaría más. Justo antes de que salieran, Tina se había pasado por la cabaña durante el descanso de la comida con un plato de dulces de limón hechos por sus alumnos.

—Espero que os guste —le había dicho a Erin—. Los chicos saben que eres amiga mía y los han hecho especialmente para ti. ¿Cómo van las cosas?

No había indicio alguno de culpabilidad en la abierta expresión de Tina, sólo una sincera preocupación por su amiga. Joseph había tenido que recordarse que vivía con el enemigo, o al menos con un padre que podía serlo. Por eso no se atrevían a confiar en ella.

Erin también lo había recordado. Para una mujer que hasta unos pocos días atrás se había mostrado tan increíblemente ingenua, resultaba obvio que había aprendido rápido. Por lo demás, después de la inefable noche que habían pasado, le habría gustado pasarse el día entero con ella en la cama. Pero tenía que irse haciendo a la idea de una pronta separación. Erin pertenecía a otro mundo. Y cada día que pasaba se estaba haciendo más fuerte, más independiente.

—Nos puede llevar mucho tiempo investigar un caso tan complicado como éste —

227

le dijo Rick tras pedir la comida—. Incluso aunque otros inspectores me ayuden, necesito vuestra ayuda, la de los dos. He solicitado al comisario que reincorpore a Joseph, pero se ha negado. Sin él, me siento como si estuviera luchando con una mano atada a la espalda.

—¿Has descubierto algo que involucre directamente al comisario?

—No exactamente. Su comportamiento contigo es injustificable, pero no consigo imaginar por qué querría perjudicar a Erin —repuso Rick—. A no ser que ella sepa algo. Quizá incluso algo cuya importancia ignore ella misma.

—¿Qué pasa con Lance? —preguntó Erin—. Él tiene que estar metido en esto.

—He solicitado al juez las grabaciones telefónicas. Estoy particularmente interesado en saber si llegó a contactar con Todd Wilde o con Marie Flanders. Uno de mis agentes las está revisando en este mismo momento.

Joseph agradeció en silencio la meticulosidad y el empeño de su amigo.

—¿Así que querías vernos para poner al día toda la información de que disponemos?

—En efecto. Y quizá probar con una pequeña tormenta de ideas.

—Pues adelante.

Mientras saboreaban la comida mexicana,

revisaron todo lo que Manuel Lima le había dicho a Joseph y lo que Erin había descubierto el día anterior en las oficinas de Marshall Company.

—Hay un pequeño detalle que seguramente no signifique nada pero que creo que debo mencionaros —dijo ella—. La secretaria del consejo de administración, Betsy Ridell, ha sido ascendida recientemente a directora ayudante del centro comercial. Su sustituta es una mujer a la que no conozco de nada. Stanley Rogers, el director de finanzas, también tiene una nueva secretaria.

—¿Adónde quieres ir a parar? —le preguntó Rick.

—No lo sé —admitió Erin—. Se han producido tantos cambios de personal... Mi madre también perdió a su ama de llaves de siempre. Si alguien quisiera mantener algo en secreto... ¿no procedería a marginar a cualquiera de quien sospechara?

—Bien pensado —aprobó Rick—. Hablaré con la señora Rydell. ¿Se te ocurre algo más?

—Mi madre estuvo a punto de ahogarse muy cerca de donde aparecieron los cadáveres de Marie y de Todd. ¿No os parece eso muy extraño?

—Quizá sea una simple casualidad —apuntó Rick.

—Tu madre insiste en que lo que le sucedió fue un accidente —le recordó Joseph—. Pero eso a mí me extrañó desde un principio —compartió con Rick su teoría de que alguien podía estar chantajeando a Alice para que se callara—. No creo que estén amenazándola con hacerle daño a Erin. Alguien ha intentado matarla dos veces, así que... ¿por qué no habría podido hacer lo mismo con la madre?

—Chet me prometió que me conseguiría un encuentro con mamá —dijo Erin—. Quizá ella misma me lo diga.

—Ir a esa casa puede ser peligroso —el comentario de Rick no hizo más que reflejar la preocupación de Joseph.

—No me importa —alzó la barbilla—. Dejé a mi madre sola cuando papá murió, y por eso se apoyó en Lance. No la abandonaré otra vez.

—Pues entonces llévate a Joseph contigo —le aconsejó Rick—. No quiero tener que pescarte en el lago —al ver su cara de susto, se apresuró a añadir—: Perdona. Los policías tenemos esta manera de hablar.

—Lo importante es que no pescarás a mi madre del lago. No si puedo evitarlo.

Joseph no pudo menos de admirar su coraje. Al mismo tiempo, se prometió no volver a perderla de vista hasta que el caso estuviera resuelto, le gustara o no.

Fue a primera hora de la tarde cuando Erin recibió la llamada que había estado esperando.

—Siento no haberte llamado antes —se disculpó su madre con voz ronca—. He estado muy preocupada por ti. No te hirieron en ese horrible tiroteo, ¿verdad?

—No —se dejó caer en el sofá. Al otro lado de la habitación, Joseph alzó la mirada del ordenador portátil—. ¿Y tú? ¿Cómo estás tú?

—Un poco débil. Creo que Chet ya te ha contado lo de mi enfermedad. Me alegro de que lo hiciera.

—Yo también —repuso Erin—. Escucha, mamá, no me gusta que vivas tan cerca del lago. Están pasando cosas muy raras...

—Lo sé. Me he enterado... esta misma mañana.

Erin pensó que la perspectiva de tratar directamente de la muerte de su hermana debía de resultarle demasiado penosa, ya que no había sacado el tema. O quizá no quisiera reconocerlo antes de recibir la confirmación de la policía.

—Yo quería hablar contigo sobre... bueno, de todo.

Erin sintió una punzada de emoción mezclada de miedo. Confiaba en que su madre quisiera explicarle lo sucedido la noche de su accidente en el lago, pero su seguridad era lo primero.

—Te recogeremos dentro de un rato. Tienes que abandonar esa casa. Podemos irnos a cualquier parte. ¿Qué te parece un hotel en Los Ángeles? Me gustaría que te viera algún especialista de allí y. . .

—Cariño, nadie me está echando de casa —afirmó Alice—. Además, no me siento bien como para hacer un viaje tan largo. Escucha, Lance ha salido a jugar al golf. No volverá hasta dentro de un par de horas. Tenemos tiempo más que suficiente para hablar aquí.

Erin no tuvo más remedio que ceder.

—Joseph y yo iremos para allá ahora mismo.

—Lance se mostró muy terminante respecto a ese joven. A mí me dijo que si alguna vez llega a verlo en su propiedad, lo denunciará a Edgar Norris por allanamiento.

Erin vaciló. Necesitaba la ayuda de Joseph, pero a esas alturas no podían arriesgarse a tener un nuevo enfrentamiento con el comisario.

—Tomaré un taxi —al otro lado de la habitación, vio que Joseph negaba con la cabeza, pero lo ignoró.

—Le he pedido a Chet que te recoja —continuó su madre—. Llegará en cualquier momento.

—¿Chet?

Un brillo de fuego asomó a los ojos de Joseph.

—Me doy cuenta de que te resulta violento, pero ya sabes que él trabaja para nosotras... ¿O preferirías que hubiese enviado a Stanley Rogers? Además, debe de estar ya al caer...

—Habría preferido a Stanley.

—Lamento que no se me haya ocurrido a tiempo. Cariño, no tienes que preocuparte de nada. ¿Crees que te mandaría a Chet si no tuviera una absoluta confianza en él?

—De acuerdo. Pero... —oyó el rumor de un coche acercándose a la cabaña—. Oh, Dios mío, creo que ya está aquí...

Joseph apagó el ordenador y se acercó a la ventana. Mientras observaba, recogió su sobaquera de la mesa y se la puso.

—Nos veremos dentro de unos minutos —se despidió Alice—. Me alegro tanto de que vengas... Te quiero.

—Yo también te quiero, mamá —y colgó.

—Esto no me gusta nada —le confió Joseph—. Yo te llevaré.

El coche subía ya por el sendero de grava.

—Es demasiado arriesgado si Lance te ve —objetó ella—. Además, Chet ya está aquí.

—No.

Seguir los consejos de Joseph se había convertido en una especie de segunda naturaleza para ella. Esa vez, sin embargo, tuvo que discutir consigo misma.

—Mi prioridad es... ¿cómo lo llaman en las películas de espías? Hacer una extracción. Sacar a mi madre de esa casa.

—Lo haremos juntos.

De repente se le ocurrió una idea.

—Síguenos a distancia. Si ocurre algo, tú estarás allí.

—No quiero dejarte sola con Dever.

—Joseph, la decisión es mía.

Sus miradas se encontraron. Finalmente él asintió, reacio.

—De acuerdo. Con una condición. Espérame un momento —y se dirigió apresurado al dormitorio.

En el exterior, el coche se detuvo. Joseph volvió con su bolso. Se había puesto una chaqueta que escondía su sobaquera.

—Te he guardado dentro la otra pistola. Úsala en caso necesario.

—De acuerdo —no estaba segura de que pudiera hacerlo, pero al menos Joseph había cedido. Sintió el bolso incómodamente pesado.

Entró en el cuarto de baño para arreglarse un poco el pelo. Cuando volvió, Chet la esperaba en el porche bajo la desconfiada mirada de Joseph.

—Mire, esto no ha sido idea mía —le estaba diciendo—. Francamente, ojalá yo tuviera esa capacidad suya para desenvolverse en las situaciones límite, Lowery. Si alguien llegara a dispararnos a mí y a Erin, no sé cómo reaccionaría.

—Acelere. Es lo mejor —le aconsejó Joseph.

—Gracias. Lo tendré en cuenta. Ah, he escuchado en la radio que esta mañana han encontrado otro cuerpo en el lago. ¿Tiene alguna idea de quién es?

—Un mujer.

—Es terrible... —se había quedado tan preocupado que apenas sonrió cuando vio a Erin—. La verdad, no sé qué diablos está pasando aquí. Sundown Valley siempre ha sido un lugar tan tranquilo... —por fin se volvió hacia ella—. Será mejor que nos vayamos. Tu madre está deseosa de verte.

—Sí, yo también tengo muchas ganas de verla —se despidió de Joseph. Cuando sus miradas se encontraron, vio que le hacía un discreto gesto. Se alegraba enormemente de que fuera a seguirlos.

Chet la invitó a subir a su lujoso sedán. Muy consciente del peso de la pistola en el bolso, Erin tomó asiento.

Minutos después, una vez que terminaron de atravesar la población y enfilaron hacia el lago, su determinación empezó a abandonarla. Por el espejo retrovisor no veía señal alguna del viejo coche de Joseph. Si los estaba siguiendo, parecía haberse invisibilizado. Peor aún: tan pronto como el lago Sundown apareció a la vista bajo el cielo encapotado de nubes, no pudo evitar pensar en su tía.

¿Quién la habría matado? Quienquiera que fuera, no podía tratarse de un conocido de Erin. Y menos aún el hombre que en aquel momento se hallaba sentado a su lado. Lo miró de reojo. En ningún momento había abierto la boca, ensimismado en sus pensamientos. Quizá estuviera alarmado por el impacto que tendría aquel último descubrimiento en su campaña electoral.

Sin despegar los labios, Chet se desvió de la autopista y rodeó el lago. Erin nunca lo había visto tan callado. Habitualmente no paraba de hablar, deseoso de llenar cualquier silencio en la conversación. Miró por el espejo retrovisor cuando llegó a Aurora Avenue, y creyó distinguir un coche familiar a lo lejos. Aunque no podía ver al conductor, se relajó. Joseph no le había perdido la pista.

Desde que se reencontraron, tenía la sensación de que habían pasado semanas o meses, y no días, tanto había cambiado últimamente en su interior... Había perdido la virginidad sin el menor remordimiento y, al menos mentalmente, empezado a asumir sus responsabilidades como copropietaria de una gran corporación. Pero lo mejor de todo era que, con Joseph, había redescubierto lo que significaba volver a casa, tener un hogar. O quizá lo había descubierto por primera vez.

Cuando la mansión de los Bolding apareció ante su vista, se vio invadida por una intensa sensación de desagrado. ¿Cómo podía haber soportado vivir en aquel lugar durante un mes entero? Recordando lo muy deprimente que podía llegar a ser una casa como aquélla para Alice, en plena lucha contra un cáncer, se resintió todavía más de la infame influencia de Lance.

Tan pronto como aparcaron en la entrada, Brandy salió al porche de columnas. Su cabello castaño recogido en un moño, su camisa blanca almidonada y su falda negra le daban un aire severo. Las bolsas que tenía bajo los ojos estaban más acentuadas de lo normal, y Erin imaginó que habría estado llorando por Marie.

—Lo siento —fue lo primero que le dijo al ama de llaves.

—¿Por qué? —inquirió la mujer mientras le abría la puerta de rejilla.

—Sé que mi tía era amiga suya.

—Sí —afirmó Brandy con voz apagada—. Sí que lo era.

En el interior, las cortinas cerradas oscurecían aún más la penumbra de la tarde. Erin pensó que el cáncer debía de haber afectado a la sensibilidad de su madre hacia la luz. De todas formas, aquel ambiente cerrado, opresivo, no debía de ser nada bueno para ella.

—Le diré a la señora que ya ha llegado —el ama de llaves desapareció en el comedor, en dirección al ala de los dormitorios. No tardó en regresar—. La está esperando en su despacho.

—Muy bien —se volvió hacia Chet como para disculparse.

—No te preocupes. Esperaré aquí.

El despacho se hallaba en la parte trasera de la casa. Aunque también tenía las cortinas cerradas y estaba muy oscuro, a Erin le encantó ver el viejo sofá de piel de su padre y el escritorio de caoba. Intentó no imaginarse a Lance usando su pluma estilográfica o su grapadora de bronce.

—¡Erin! —Alice se adelantó para abrazarla—. Me alegro tanto de verte...

—Seguro que ni la mitad que yo. ¡Mamá, debiste haberme dicho que estabas enferma! Habría venido en seguida...

—Lance estaba aquí. Pero lo estoy llevando muy bien, cariño. Los tratamientos no son muy divertidos que digamos, pero estoy evolucionando bien.

—¿El médico... te ha dado algún cálculo

238

de... probabilidades?

—El noventa por ciento de que me recupere del todo. Me aseguró que lo habían descubierto a tiempo.

Erin esperaba que su madre no se lo estuviera diciendo para tranquilizarla.

—Eso es fantástico. Pero ya te lo dije por teléfono: no creo que, viviendo a un paso del lago, tanta humedad sea buena...

—Puede que tengas razón.

—¿De veras? —era la primera vez que se mostraba de acuerdo con ella.

Alice le señaló el sofá y se sentó en un sillón.

—Cuéntame todo lo que te ha pasado. Me cuesta creer que Joseph te sacara al lago en tus condiciones, pero supongo que debió de tener sus motivos.

—Nos enteramos de que Todd Wilde había estado recientemente por la zona. Al parecer, había estado espiando tu casa —le informó Erin.

—Alice frunció el ceño.

—¿Quién te dijo eso?

—Jean. Lo vio cuando estaba paseando por el lago con su marido.

—Veo que has estado hablando con mucha gente —comentó mientras jugueteaba con su pulsera de turquesas—. Y ese joven, Joseph Lowery... aún sigue investigando, ¿verdad?

No me sorprendería que hubiera descubierto más cosas que la misma policía. ¿Cree que aquella furgoneta te atropelló a propósito?

—Seguimos sin saberlo a ciencia cierta. Pero mamá, acerca de tu accidente... ¿estás segura de que nos lo has dicho todo? ¿No te estarás guardando algo?

Alice entrelazó las manos sobre el regazo.

—No puedo hablar de ello. Aquí no.

¡Así que tenía miedo de hablar!

—Entonces hablemos en cualquier otra parte...

—¿Sabes? Tú y yo deberíamos irnos unos días —esbozó una sonrisa lánguida.

—Sería estupendo —necesitaba que se fuera de allí por más tiempo, a ser posible para siempre, pero no quería precipitarse—. ¿Por qué no preparas el equipaje? Podemos marcharnos ahora, aprovechando que Lance no está.

—No, eso no estaría bien. Soy una Marshall. No tengo por qué andar escondiéndome en mi propia casa.

—Pero... —de repente le sonó el móvil que llevaba en el bolso. Vaciló.

—Adelante, contesta —la animó su madre—. No me importa.

—Disculpa —no atreviéndose a hablar delante de Alice, se retiró al pasillo.

—¿Erin? —era Joseph—. Te he perdido de

vista en la casa.

—Espera —entró en su antigua habitación y cerró la puerta—. Mi madre y yo estamos hablando en el despacho, en la parte trasera de la casa.

—Estaba preocupado. Escucha atentamente. Cuando termines de hablar conmigo, no cuelgues y guárdate el móvil en un bolsillo del pantalón. A no ser que se corte la comunicación, podré oír en todo momento lo que está pasando ahí.

—De acuerdo. ¿Algo más?

—¿Te ha contado algo?

—No. Se está pensando venirse conmigo, pero no necesariamente esta tarde. Me alegro de que estés cerca.

—Cuenta con ello. Estaré escuchando.

Se guardó el teléfono en el bolsillo y se lo tapó con el suéter antes de volver al despacho.

—Ése debía de ser Joseph —le espetó Alice nada más verla.

Erin no podía negarlo.

—Le gusta permanecer en contacto.

—Qué amable. Vosotros dos siempre os habéis llevado muy bien.

—Antes no te gustaba tanto —recordaba las numerosas veces que la había animado a salir con otros chicos.

—¿Ah, no? —ladeó la cabeza—. Me temo

que yo era un poquito elitista, ¿verdad?

—¡Creo que ya sabes lo que pienso al respecto! —bromeó Erin.

Una sonrisa se dibujó en su rostro demacrado.

—Te diré una cosa, voy a arreglarlo todo para que tú yo pasemos unas cortas vacaciones, quizá en un buen balneario. Pero no quiero que hables de esto con nadie, ni siquiera con Joseph.

—Yo no tengo secretos para él.

—¿Es que todo lo que tengo que decirte lo vas a cotillear con ese chico? —su brusca reacción evidenciaba uno de sus frecuentes cambios de humor.

Estaba pensando en cómo apaciguar a su madre sin hacerle promesas que no pudiera cumplir, cuando oyó que la puerta de la cocina se abría de golpe. Unos pesados pasos resonaron en el suelo, continuaron pasillo abajo y se detuvieron frente a la puerta del despacho.

El rostro mofletudo de su padrastro la miraba fijamente con inequívoca hostilidad. A Erin se le subió el corazón a la garganta. La casa de su madre se había convertido de pronto en territorio enemigo.

CAPÍTULO 14

Escondido tras un matorral, Joseph se tensó cuando reconoció la voz de Lance por el móvil.

—¿Qué diablos está haciendo ella aquí?

Desde su posición dominaba el porche principal y la fachada de la casa que daba al lago, así que supuso que habría entrado por la puerta de atrás. Sintió el impulso de correr en busca de Erin, pero sabía que con ello sólo lograría empeorar una situación ya de por sí explosiva.

Por otro lado, podía suceder cualquier cosa. Si esperaba demasiado, jamás se lo perdonaría.

—Cada vez que me doy la vuelta, te pones a tramar algo —oyó que decía Lance, presumiblemente a su mujer—. ¡Quiero que salga de aquí ahora mismo!

—Me temo que será mejor que te vayas —le dijo Alice a su hija con tono tranquilizador—. Ya te llamaré después.

—¿Hola? —Joseph escuchó otra voz masculina, menos grave. Supuso que sería la de Chet—. ¡Lance! ¡No sabía que estabas aquí!

—Ya. La has traído tú, ¿verdad? —rezongó el padrastro de Erin.

—¿Tienes... algún problema con eso?

Joseph no llegó a escuchar la frase entera de Chet. Interferencias. Cambió de posición en un intento de captar una señal más limpia. Algo húmedo y pegajoso le rozó la cara.

—Ya me he cansado de todo esto —volvió a escuchar la voz de Lance—. Ten cuidado, amigo. No te olvides de que sé lo suficiente para arruinarte.

¿Qué era lo que sabía? La conexión se cortó por un momento, pero afortunadamente volvió. Lance terminó de decirle algo a Chet que Joseph no llegó a oír. Chet, a su vez, replicó furioso:

—Si me estás amenazando, quizá haya llegado el momento de que le cuente a Erin ciertos secretos de familia. Tiene derecho a conocerlos, ¿no te parece?

—No creo que quieras herir de esa manera a mi hija —intervino Alice—. Esas cosas nada tienen que ver con ella.

—Tienen todo que ver con ella —replicó Chet—. Sólo recuerda una cosa: amo a mi prometida y pienso protegerla.

¿Su prometida?, se preguntó Joseph. Al

parecer aquel hombre seguía creyendo en la ficción que él mismo había ideado.

—¿Qué es lo que está pasando aquí? —inquirió Erin, sin aliento—. ¿Mamá?

—Hemos tenido algunas desavenencias sobre cómo llevar la compañía... —explicó Alice—. No te interesan.

—Soy copropietaria, ¿no?

—Creo que todos necesitamos tranquilizarnos un poco —pronunció Lance cuando era él quien había irrumpido en la habitación, amenazando a todo el mundo.

—Esto es demasiado —dijo Chet—. Me marcho.

—Quiero tu promesa —exigió Alice.

—¿Mi promesa de qué?

—De que cuidarás y protegerás a mi hija.

—Ya lo he prometido.

—No quiero que se inquiete. Ya ha sufrido bastante durante estas últimas semanas.

—Estoy de acuerdo —aceptó Chet—. Erin, vámonos de aquí.

Se produjo un largo silencio hasta que por fin Joseph oyó la voz de Erin:

—Mamá, ¿me llamarás?

—Desde luego.

Siguió un rumor de pasos, como si todo el mundo se estuviera moviendo. Joseph debatió consigo mismo sobre si dirigirse hacia su coche, que había aparcado en un camino que salía de la carretera, o esperar hasta asegurarse de que Erin salía de la casa. Por el móvil, la oyó exclamar:

—¡Oh! Me he dejado el bolso en el despacho.

—Voy a buscárselo, señorita —parecía Brandy.

Joseph salió de detrás de los matorrales. Si no llegaba a tiempo a su coche, tendría problemas para seguir a Chet. Pero le inquietaba que Erin se hubiera dejado el bolso con la pistola dentro. Ni Chet ni ella dijeron nada durante un rato. Tuvo la sensación de que había transcurrido una eternidad hasta que la oyó darle las gracias al ama de llaves.

—Gracias, Brandy.

—De nada, señorita.

Joseph apresuró el paso, agachándose bajo los árboles sin retirarse el móvil del oído. No volvió a saber lo que estaba sucediendo hasta que oyó a Chet arrancar el coche. Se escondió de nuevo tras unos arbustos mientras lo veía alejarse. Cuando desapareció del todo, echó a correr.

Una vez al volante, arrancó y piso a fondo el acelerador. Por el teléfono ya no oía nada, y no había señal alguna del coche de Chet. Faltaba poco para que llegara a la bifurcación que llevaba a la autopista del pueblo o a la carretera de la Puesta del Sol, camino del club de campo.

—¿Adónde vamos? —las palabras de Erin resonaron en el aparato. Joseph suspiró aliviado.

—Vamos a pasar por mi casa —dijo Chet—. Tenemos que hablar.

«¡Dile que no!», le suplicó para sus adentros. Fuera cual fuera la naturaleza de su revelación, no merecía la pena correr ese riesgo. Una vez que estuvieran a solas en su casa, nadie sabía lo que podría ocurrir...

—No puedo creer que mamá haya podido estar involucrada en algún asunto poco limpio...

Para consternación de Joseph, Erin no se opuso a que la llevara a su casa. Debió haber adivinado que su preocupación por su madre se impondría a su desconfianza hacia Chet.

Y Joseph no tenía la menor idea de dónde vivía.

—A veces la gente... —un ruido de fondo impidió que pudiera escuchar el resto de la frase de Chet.

Llegó al cruce. Intuitivamente giró hacia la carretera de la Puesta del Sol y pisó a fondo el acelerador. Como la carretera daba la vuelta al final del lago, si no veía el coche podría alcanzarlos allí. Pasó por Rainbow Lane, cerca de la zona del embarcadero donde habían encontrado los cadáveres. Un escalofrío le recorrió la espalda. La noche estaba cayendo rápidamente.

Por suerte la comunicación se restableció y volvió a escuchar la voz de Erin:

—Me encanta que todas las calles de por aquí tengan nombres de colores. Azul Celeste, Ámbar, Amarillo Canario

Si le estaba dando una pista, lo había conseguido. Pero si pudiera darle alguna indicación más concreta... Al menos no parecía preocupada.

—Yo ni siquiera sabía lo que quería decir la palabra «carmín» hasta que me vine a vivir a esta calle —fue el comentario de Chet.

Carmín Way. ¡Ya lo tenía! Joseph cartografió mentalmente la zona: no tuvo problema, eran muchos años los que había pasado patrullando la zona. Sabía cómo llegar. Pero todavía quedaba el problema de identificar la casa en concreto... así como el inquietante hecho de que la carretera terminaba en la misma orilla del lago. A menos de medio kilómetro del lugar del embarcadero donde se encontraron los dos cadáveres.

Erin miró de reojo por el espejo retrovisor. Seguía sin ver a Joseph. Había escuchado unos pequeños ruidos procedentes del móvil, de modo que confiaba en que la comunicación no se hubiera cortado. Muy convenientemente el propio Chet había pronunciado el nombre de la calle donde vivía, pero por desgracia ella no recordaba el número exacto. Una vez que llegaran, tendría que encontrar una excusa para decirlo en voz alta.

Las calles carecían de alumbrado: la única iluminación procedía de los portales y las ventanas de las casas. Aunque había estado algunas veces antes en casa de Chet, no habría podido encontrarla por sí sola. Si había una placa con el número en la entrada, debía de estar oculta por la vegetación del jardín. Mala suerte.

—¡Qué aves del paraíso tan preciosas! —esperó que las llamativas y gigantescas flores naranjas y azules ayudaran a Joseph a localizar la casa.

—Sí, están muy crecidas. Demasiado. El propietario tendrá que llamar al jardinero un día de éstos.

El edificio, de madera blanca y ladrillo contaba con un solo piso, a excepción del dormitorio que se levantaba sobre el garaje. Se detuvieron en la entrada. Erin suspiró de alivio al ver que no metía el coche en el garaje: una nueva indicación para Joseph. Quizá no debería entrar. Una vez que la puerta se cerrara a su espalda, podría ocurrir cualquier cosa. Pero si no entraba, jamás averiguaría lo que estaba pasando. Insinuaciones, indirectas y amenazas habían salpicado la conversación entre su madre y su padrastro. Secretos, al fin y al cabo, que amenazaban su futuro.

Chet la ayudó a bajar del coche y abrió la puerta. Una sensación de irrealidad la envolvió nada más entrar. En el salón, un foco de luz caía de plano sobre un sofá beige y un sillón tapizado. Sobre la mesa del café, había un florero con flores artificiales de aspecto rancio, viejo. Se instaló en el sillón, con su pesado bolso en el regazo.

—¿Y bien? ¿De qué querías hablarme?

Vio que se acercaba inquieto al sofá y se sentaba en un brazo.

—Hay algunas cosas... quiero decir, ojalá yo... —se interrumpió a mitad de la frase. Hasta esa noche, Erin jamás lo había visto tan nervioso.

—¿Ojalá qué? —le estaban sudando las manos. Su nerviosismo parecía contagioso.

—Para empezar, tu padrastro cree que podrá dominarme en el Congreso —le espetó Chet—. Por eso es por lo que me apoyan los dos. Por una cuestión de poder.

—¿Acaso la política no es siempre una cuestión de poder?

—No es tan sencillo. Yo sabía... —jugó con el mando a distancia del televisor y volvió a dejarlo sobre la mesa—. Bueno, las cosas... Bien, creo que debería empezar con una confesión personal. He hecho algunas cosas de las que no estoy en absoluto orgulloso.

—¿Por qué me estás contando todo esto?

—Sin los antecedentes, no podrás comprender lo que está sucediendo ahora.

Erin hizo un rápido cálculo mental.

—¿Te refieres a que alguien te está chantajeando?

—Más o menos —asintió, reacio.

—¿Y qué es lo que hiciste?

—Espero que me perdones, Erin. No creía que importara porque íbamos a casarnos . . .

—¿Qué es lo que tengo que perdonarte? —esperaba que Joseph estuviera escuchando aquello. Y que estuviera cerca en caso de que . . . Bueno, simplemente por si acaso.

—Tomé dinero prestado de tu fondo personal —se pasó una mano por el pelo.

—¿Cómo pudiste hacer eso? —se lo quedó mirando consternada.

—Buena pregunta —se levantó y empezó a caminar nervioso por la habitación—. La verdad, no sé en qué estaba pensando . . .

—¿Cuánto?

—No estoy seguro.

—¿Que no estás seguro? —repitió.

—Lo suficiente para financiar unos cuantos anuncios de televisión. Tengo que anunciarme ahí, Erin, si quiero que mi candidatura tenga alguna posibilidad.

—Gene me dijo que te lo habías pagado tú mismo.

—Gene no lo sabe. Él no forma parte de esto, él... cree en mí. Y espero que tú también.

—¿Quién te está chantajeando? Se trata de Lance, ¿verdad?

Chet asintió con la cabeza.

—Lo siento. Sé que fue un error. Yo nunca quise hacerle daño a nadie...

—¿Tiene esto algo que ver con los cadáveres encontrados en el lago? ¿Y con los... presuntos accidentes que sufrimos mi madre y yo?

—No directamente. Es algo complicado...

—¡No esperarás que haga como si no supiera nada!

—Lo que pasa... es que tropecé con algo mucho más gordo de lo que esperaba. Y luego fue el efecto bola de nieve... Sé que no me resultará fácil salir de este lío, pero al final lo conseguiré.

Estaba nervioso, agitado. Acababa de destapar la caja de los truenos. Una vez que se detuviera a reflexionar, le entraría el pánico. Erin se preguntó hasta dónde estaría dispuesto a llegar con tal de impedirle que no contara nada a nadie. ¿Y cómo reaccionaría cuando descubriera que Joseph lo estaba escuchando todo?

—Quiero protegerte —le espetó él de pronto—. Aléjate de Lance, de Brandy, de tu madre... de todos.

—No puedo alejarme de mamá. Ya la dejé abandonada una vez. En esta ocasión pienso llevármela conmigo.

—Tú no lo entiendes. Sólo conseguirás ponerme a mí y a ti misma en un gran peligro —cruzó la habitación—. Y no puedo consentir que hagas eso, Erin.

Buscó algo en un cajón. Erin alcanzó a distinguir un reflejo metálico. Ya no podía esperar a Joseph. Desesperada, echó mano a la pistola que llevaba en el bolso.

Qué extraño: lo que tocó no parecía una pistola. Echó un vistazo. El peso que había sentido durante todo el rato en el bolso no era el de un arma, sino el de la grapadora de bronce de su padre. Alguien se la había robado.

—¡Oh, no!

Aves del paraíso. Una buena pista, excepto que más de una casa en Carmín Way tenía exuberantes jardines con aves del paraíso. Durante todo el tiempo había estado siguiendo la conversación por el móvil. Chet se había aprovechado del fondo personal de Erin.

Solamente eso bastaba para arruinar su carrera política y enviarlo a la cárcel.

—Sólo conseguirás ponerme a mí y a ti misma en un gran peligro —cruzó la habitación—. Y no puedo consentir que hagas eso, Erin.

Aquella amenaza galvanizó todas sus energías. Pisó a fondo el acelerador, buscando aves del paraíso y una pista que indicara la casa que estaba buscando.

—¡Oh, no! —el grito de Erin lo llenó de terror.

Allí estaba. El coche de Chet. A punto estuvo de pasar al lado sin verlo. Frenó de golpe e inmediatamente metió la marcha atrás. Salió a toda velocidad, dejando la puerta abierta para que Chet no oyera el portazo. Se había perdido parte de la conversación, pero no podía correr más riesgos.

—¡Sal! —gritó por el móvil mientras sacaba su pistola—. ¡Sal ahora mismo! —y corrió hacia la puerta.

—¿Qué pasa? —inquirió Chet al ver que se quedaba mirando el bolso con expresión anonadada.

Demasiado aturdida para pensar con coherencia, alzó la vista y vio que lo que tenía en la mano era una fotografía con marco de plata en la que aparecía él mismo con sus padres, Andrew y Alice. Debió de haber sido tomada en uno de los bailes anuales de la empresa.

—Has dicho «oh, no» con una cara de susto...

Incapaz de improvisar una buena historia, decidió apegarse todo lo posible a la verdad.

—No entiendo cómo ha podido llegar esto aquí —le enseñó la grapadora—. Sentí algo pesado en el bolso y me estaba preguntando qué podía ser. Espero que Lance no pretenda acusarme de robo.

—Eso es absurdo. Quizá Brandy pensó que era tuyo —desentendiéndose de la grapadora, volvió a concentrarse en la foto—. Verás, quería explicarte...

—¡Sal! ¡Sal de ahí! —se oyó en aquel instante la voz de Joseph, procedente del móvil que llevaba en el bolsillo.

—¿Qué diablos...?

Erin se quedó helada.

—Es... es mi móvil —lo sacó—. Era una... precaución que tomé cuando entré en casa de mi madre.

Chet se puso rojo como la grana.

—¿Joseph ha estado oyendo todo lo que te he dicho?

—No estoy segura —admitió Erin—. Ni siquiera sabía que seguía conectado...

La puerta se abrió de golpe dando paso a

Joseph, pistola en mano.

—¡Arriba las manos!

Chet dejó la fotografía enmarcada sobre la mesa antes de obedecer.

—¿Vas a detenerme?

—Erin, ven aquí —no apartó la mirada de Chet mientras ella cruzaba la habitación—. ¿Te encuentras bien?

—Él no ha hecho nada... quiero decir, aparte de engañarme y malversar mi dinero, claro —no podía explicarle lo de la pistola desaparecida delante de Chet.

—Vuélvete, Dever. Las manos contra la pared —mientras obedecía, Joseph le tendió la pistola a Erin. Volvió a pedírsela cuando se hubo asegurado de que no llevaba ningún arma—. Ya puedes volverte. Esta noche no voy a detenerte. Ya verá Erin si te denuncia o no.

—¿Vas a soltarme así sin más? —volvió a recuperar parte de su inveterada arrogancia—. ¿Has allanado mi casa para nada?

La expresión de Joseph se oscureció.

—Por supuesto, tendré que rellenar un informe sobre lo que he visto y oído —no lo haría, desde luego. Y menos cuando formalmente aún seguía suspendido de empleo, de vacaciones forzadas.

—Me habéis tendido una trampa, los dos... Tú... —miró a Joseph... —llevas detrás de mí desde que te enteraste de que me iba a casar con tu antigua novia. Sabías que subiría a mi coche y planeaste todo esto para conseguir alguna prueba que me incriminara. Esto es conspiración...

—Nadie ha conspirado contra ti. Al igual que nadie te indujo a robarle el dinero a Erin, o a confesárselo.

—¿Sabes una cosa? No tienes ni la menor idea del lío en que te estás metiendo.

Eron vio que la puerta seguía abierta. Esperaba que los vecinos no estuvieran escuchando. No quería que lo que acababa de suceder saltara a los titulares de la prensa del día siguiente y, además, tenía que advertir a Joseph sobre la pistola desaparecida.

—Será menor que nos marchemos antes de que toda la población se entere de esto...

—Erin —pronunció Chet bajando la voz—, te devolveré el dinero. Por favor, no me arruines la vida. Créeme. Yo no tuve nada que ver con lo de tu atentado, y ni siquiera sé quién lo hizo.

Erin advirtió que lo había llamado «atentado», y no «accidente».

—Alguna idea tendrás —apuntó Joseph.

—Si lo supiera, os lo diría. Es la verdad. Y en cuanto al dinero que tomé prestado...

—Ya me encargaré yo de eso —Erin no podía comprometerse a hacer concesión alguna sin saber de cuánto dinero se había apropiado y qué más había hecho—. De momento nadie sabrá nada.

—Gracias —Chet desvió la vista a la foto enmarcada, ceñudo.

¿Para qué había querido mostrársela?

—¿Qué ibas a decirme sobre mis padres?

—Nada.

Joseph la tomó entonces del brazo.

—Vámonos —a pesar de su curiosidad, salió de la casa. No quería arriesgarse a provocar otra discusión.

Cuando llevaba recorrida la mitad del sendero de entrada, empezaron a temblarle las piernas. Apenas pudo llegar hasta el coche.

—¿Estás bien? —le preguntó él mientras arrancaba.

—Creo que se trata de una reacción retardada...

—Tengo una manta en el asiento trasero.

—Tú sigue conduciendo —se abrazó—. Me pondré bien cuando lleguemos a casa.

—¿Por qué gritaste «¡oh, no!»? Me llevé un susto de muerte.

—La pistola —menos mal que se había acordado—. Miré en mi bolso y no estaba. Alguien debió de robármela en casa de mi madre y la sustituyó por una grapadora. Por eso no noté el peso.

—No te separaste del bolso excepto al final, ¿verdad?

—Sí. Pero no pudo haber sido Chet. . .

—Lo sé. Brandy fue a buscártelo al despacho.

—Tal vez me la quitó Lance —intentó hacer memoria—. Pero mi madre estaba con él, así que dudo que se hubiera atrevido a registrar mi bolso en su presencia.

Joseph tomó rumbo hacia la autopista.

—Tenemos que informar del robo, ya que la pistola estaba a mi nombre, pero primero habrá que pensar en algo que decir. Como policía, tengo derecho a llevar una segunda arma.

—Pero yo no.

—Necesitarías una licencia, desde luego.

—¿Qué podemos hacer?

—Ya se nos ocurrirá algo. Mientras tanto, tenemos un problema mayor.

—¿Cuál?

—Descubrir quién te robó el arma y lo que piensa hacer con ella. ¿Sabes? —extendió una mano parta acariciarle el pelo—. Supongo que he hecho el ridículo al irrumpir de esa manera en casa de Chet, pero habría hecho el ridículo cien mil veces con tal de protegerte.

El calor de su contacto le abrigaba el alma. Empezó a relajarse. A pesar de todo lo que había sucedido, al menos estaba con Joseph. Y esperaba que eso durara mucho, mucho tiempo. . .

Capítulo 15

Una vez en la cabaña, una violenta urgencia se apoderó de ellos. Erin comenzó a quitarse la ropa en cuanto entraron, y Joseph hizo lo mismo mientras la seguía al dormitorio.

Disfrutaron más que nunca. Sus besos fueron más dulces y profundos que antes, su cercanía más inmediata y verdadera. Cuando lo sintió dentro de ella, fue como si su alma remontara el vuelo hacia el infinito. El mundo dejó de existir mientras las caricias de Joseph liberaban un torrente de deseo. Un intenso anhelo la barrió por dentro hasta que no pudo soportar más la tensión y se sumergió en un vertiginoso arcoiris. Se aferró a su hombre ebria de éxtasis, exultante en la insospechada profundidad de su pasión.

Deseó poder retroceder en el tiempo, para recuperar todos los años que habían perdido. Pero al menos, pensó agradecida, ahora estaban juntos, unidos contra el mundo. Tras dormitar un poco, tomaron una cena ligera.

Luego volvieron a hacer el amor y durmieron toda la noche, abrazados.

Mientras se secaba la melena rojiza después de la ducha, Erin resplandecía a la luz de la mañana. Con su rostro en forma de corazón y su delicado cutis, le recordaba a Joseph un ser etéreo, inalcanzable. Se vistieron a la vez. De un cajón la vio sacar un colgante y ponérselo al cuello. No pudo sorprenderse más al descubrir el diminuto corazón partido.

—Todavía lo tienes —comentó, maravillado.

—Lo llevaba el día que me atropelló aquella furgoneta —lo miró a través de la sedosa cortina de su pelo—. Debí haberme dado cuenta de que jamás me lo habría puesto si realmente hubiera tenido intención de casarme con Chet —siguió buscando en el cajón—. Menos mal que saqué del bolso mi nuevo testamento. De lo contrario, quien me robó la pistola lo habría encontrado.

—Si hubiera sido Lance, al menos se habría enterado de que no piensas dejarle el dinero a tu madre —repuso Joseph.

—Es cierto —se abrazó—. Si lo que quiere ese hombre es hacerse con el control de la compañía, sigue teniendo motivos para matarme. Quizá debería mandarle una copia del testamento por correo.

—Bastaría con que le comentaras a Alice que lo has hecho cambiar. Estoy convencido de que ella se lo diría —casi sonrió, imaginándose el ataque de furia de Lance.

—Pues no se me había ocurrido.

De repente oyeron llegar un coche. Y otro. Y un tercero.

—¿Qué pasa? —inquirió Erin.

Joseph entreabrió las persianas. El primer coche que reconoció fue el de Rick. En cualquier otra circunstancia se habría alegrado de ver a su amigo, pero detrás vio un patrulla blanco y negro, seguido por el sedán del comisario Norris. Evidentemente no se trataba de una visita de cortesía. Erin se reunió con él en la ventana.

—No habrán venido para comunicarme una mala noticia sobre mi madre, ¿verdad?

—¿Tantos policías? No —tenía un mal presentimiento, pero de diferente naturaleza—. Me temo que van a arrestar a uno de nosotros, o a los dos.

—¿Por qué?

—Mis huellas estaban en la pistola desaparecida. Si alguien la ha vuelto a usar con cuidado de no dejar las suyas... puede que las únicas que encuentren sean las mías.

—¿Y te acusarán entonces de asesinato? —se le encogió el estómago. «Al igual que pasó con su padre», pensó. Y todo por culpa suya.

Por haberse dejado olvidado el bolso en el despacho de la casa de su madre.

—No nos apresuremos a sacar conclusiones.

—No consentiré que te hagan eso.

—Puede que te detengan a ti también.

Si lo detenían, era casi seguro que la retendrían a ella como sospechosa de complicidad en el crimen, o como testigo. Lo cual planteaba una inquietante posibilidad, suponiendo que Norris estuviera implicado en los atentados que había sufrido Erin. Si ese era el caso, la detención de Joseph le proporcionaría la ocasión adecuada para simular un «accidente» mortal.

—Recoge tu bolso y sal por la puerta trasera antes de que el agente del coche patrulla rodee la cabaña.

—¡Pero me necesitarás para que testifique a tu favor si llegan a acusarte!

—Ya nos ocuparemos después de eso. Si Norris te agarra, quizá no sobrevivas...

—¡Oh, Dios mío! —exclamó, pálida.

—Cuando estés en un lugar seguro, llama a un abogado. A mí no me llames, estarán escuchando. ¡Date prisa!

Agarró su bolso y se dirigió a la puerta trasera.

—Atraviesa el bosque —confiaba en que la espesa vegetación la ocultaría—. Cruza la colina hasta la siguiente carretera.

—¿Y si alguien me detiene?

—Insiste en ver inmediatamente a un abogado. No digas nada hasta que puedas hablar con él. Y no confíes en nadie... excepto en mi madre.

—Y en la mía.

Se oyeron los portazos de los coches. Erin salió por la terraza y desapareció en la arboleda que se extendía detrás.

Sonó el timbre. Joseph sacó su pistola y la dejó sobre la mesa del café, bien a la vista. No quería presentarle al comisario una excusa en bandeja para que abriera fuego. El timbre sonó tres veces más, rápido. Cuando abrió la puerta vio a Rick en el umbral. Tenía una expresión triste, casi compungida. Norris esperaba a un lado. El agente del coche patrulla debía de haber rodeado la cabaña. Si hubiera visto huir a Erin, habría dado el grito de alarma.

—¿Qué pasa?

—¿Podemos entrar?

—¿Tenéis una orden? —inquirió, con la idea de ganar tiempo.

—Sí.

—¿Te importa decirme qué diablos ha pasado?

—¿Dónde estuviste ayer por la noche? —le preguntó Norris.

La mirada que le lanzó Rick indicaba su malestar por lo inapropiado de aquella pregunta lanzada a bocajarro, aunque no se atrevió a reprender abiertamente a su jefe. En lugar de ello, empezó con el recitado de costumbre:

—Tienes derecho a guardar silencio. . .

Joseph sintió un escalofrío mientras escuchaba aquellas frases tan familiares.

—Todavía no estoy reclamando mis derechos —señaló cuando Rick le entregó una hoja para que la firmara—. Es que ni siquiera sé qué delito se está investigando. . .

Su amigo soltó un profundo suspiro.

—Se te acusa del asesinato de Chet Dever.

—¿Han matado a Dever? —impresionado, intentó analizar las consecuencias de aquel suceso. Cuando estuvieron en casa de Chet, los dos habían estado discutiendo en voz lo suficientemente alta como para que cualquiera que pasara por allí pudiera oírlos. Eso podía convertirlo en sospechoso, pero la circunstancia no bastaba para justificar una orden de detención. Recordó las palabras de Chet: «tropecé con algo mucho más gordo de lo que esperaba». No había estado hablando en broma.

—¿Dónde está tu arma reglamentaria? —le preguntó Rick, mirando detrás de él—. No importa. Ya la veo.

—¿Cómo sucedió?

—Tú deberías saberlo —replicó Norris—. Fue tu arma la que lo asesinó.

—¡Oh, diablos...! —Rick no se molestó en disimular su contrariedad—. Me la robaron anoche. No estoy seguro de quién fue, pero tengo una idea bastante exacta —tenía que convencerlos de que, al concentrarse en él, estaban facilitando un tiempo precioso al asesino para que borrara sus huellas o disimulara su rastro—. Tenéis que hablar con Lance Bolding y con Brandy Schorr —por supuesto, cualquiera de ellos habría podido entregar el arma a un tercero.

—No juegues conmigo —le espetó el comisario—. Tus huellas eran las únicas que estaban en esa pistola.

Joseph se dijo que habría sido necesaria tanta maldad como astucia para sustituir el arma del bolso de Erin por un objeto de similar peso y utilizarla luego para cometer un asesinato. Brandy no parecía ni tan lista ni tan maligna, pero Lance sí.

—Bolding tuvo una discusión con Chet.

—¡Y... —el comisario se detuvo en seco.

Joseph sabía que había estado a punto de replicar «¡y yo!». Obviamente habían hecho sus deberes. Después de recoger la pistola, Rick registró la cabaña y requisó su cartera y su móvil. La intención era interceptar las llamadas que pudiera recibir a partir de aquel momento, tal y como había previsto Joseph.

—¿Dónde está Erin Marshall? —inquirió el comisario.

—En el cuarto de baño —cuanto más tiempo les hiciera perder, más oportunidades tendría Erin de escapar.

Con gesto arrepentido, Rick procedió a esposarlo. El frío contacto del metal en las muñecas le provocó una rabiosa sensación de impotencia. Aunque no había estado presente en el momento de su detención, la visión de su padre detenido lo había obsesionado durante años. Esa vez la historia se repetía en la persona de su hijo.

El comisario llamó a Erin, repitiendo su nombre varias veces, a gritos.

—Será mejor que esté bien —masculló—, porque si le has hecho algún daño...

—¿Me cree capaz de hacer algo así? —replicó, indignado.

—Después de lo que le hiciste a Chet, obviamente eres capaz de cualquier cosa —y se dedicó a registrar la casa, en su busca.

Joseph se obligó a revisar los argumentos de su defensa. Un fiscal examinaría con lupa sus declaraciones y las utilizaría en su contra. Cualquier cosa que dijera en aquel momento podía ser utilizada en un tribunal.

—¿Dónde está Erin? —le preguntó Rick.

—Tranquilo, está bien.

Norris regresó alarmado del dormitorio.

—¡Se ha ido! ¿Qué has hecho con ella, Lowery?

—Nada.

—Ella fue testigo del asesinato, ¿verdad? La has matado.

El comisario ya había lanzado la acusación. Si el asesino descubría que no lo buscaban a él, sino a otro, ya no tendría motivo alguno para preocuparse. Sobre todo si ese asesino era Edgar Norris.

Mes y medio de convalecencia no la habían dejado en muy buena forma. Para empeorar las cosas, no dejaba de resbalar por la fuerte pendiente. Después de atravesar varios caminos y un par de patios traseros de cabañas, el corazón se le salía del pecho y le dolían terriblemente las piernas.

Se imaginó a Joseph a merced del comisario Norris. ¿Qué crimen se habría cometido? Se apoyó contra un tronco. Pensó en lo ridículo de la situación: la heredera de una fortuna escapando y escondiéndose como una fugitiva. Si no podía confiar en la policía... ¿en quién podría confiar? Suzanne. No sólo era la madre de Joseph, sino que trabajaba para Abe Fitch, su abogado. Se disponía a llamarla cuando sonó el móvil. Rezó para que fuera Joseph.

—¿Erin? ¡Menos mal que estás bien! —pronunció la voz de Alice con tono aliviado.

—Sí, estoy bien. Eras tú la que me preocupaba...

—¡Me temía lo peor!

Erin se dijo que no podía referirse a la entrada de los policías en la cabaña de Joseph.

—¿Por qué?

—¿No te has enterado? Lo están anunciando continuamente por la radio. Alguien asesinó anoche a Chet.

—¿Está muerto? —inquirió, consternada.

—Un vecino informó de unos ruidos sospechosos —continuó su madre—. La policía no suele dar detalles de ese tipo de cosas, supongo. En cualquier caso, lo encontraron sin vida en su casa.

—Es horrible. ¿Quién pudo haberlo hecho?

—Según las noticias de la radio, hay un sospechoso. No han dicho su nombre —su madre parecía estremecida—. Es terrible, pobre Chet... No sé lo que vamos a hacer sin él.

«La pistola desaparecida», pensó Erin. ¿Sería acaso el arma del homicidio? ¿Sería por eso por lo que la policía había ido a buscar a Joseph? ¿Qué otra razón podía haber? Quienquiera que hubiera hecho eso tenía que estar desesperado. Y dado que las únicas personas con acceso a aquel arma habían sido Lance y

Brandy, resultaba obvio que Alice corría un peligro inminente.

—Mamá, ¿quién está contigo?

—Lance se ha ido otra vez a jugar al golf. Le gusta tanto... Todo esto me tiene trastornada, pero él no parece afectado en absoluto. Incluso aprovechó para comentarme que Chet nunca le había caído bien.

—Es repugnante... —mientras hablaba empezó a bajar por la colina, hacia la siguiente carretera.

—Erin, cuando conocí a Lance, nos los pasamos tan bien juntos... Me molestó que cuestionaras mi buen juicio a la hora de elegirlo como esposo —de repente se le quebró la voz—. Pero... ¿acaso me equivoqué?

—No te preocupes de eso ahora. ¿Dónde está Brandy?

—Está a punto de salir para el supermercado. Pero creo que no debería dejarme sola en un momento como éste...

—Dile que se vaya.

—Pero me asusta quedarme sola. Quienquiera que mató a Chet, todavía anda por ahí suelto... ¿Querrías venir tú a hacerme compañía?

—Mamá, tienes que marcharte tan pronto como Brandy salga de la casa. No le digas nada —se preparó para una probable objeción.

—Quizá tengas razón, cariño. Estoy tan asustada...

Erin no podía creerlo. ¡Por fin su madre le estaba haciendo caso!

—Creo que Lance está intentando apoderarse de Marshall Company, y es posible que Brandy la esté ayudando. Puede que ambos estén involucrados en el asesinato de Chet. Voy a llamar a un taxi e iré a recogerte.

—¡Un taxi! ¡Ni hablar! Algún reportero sin escrúpulos ofrecerá una fortuna a un taxista para que revele nuestra conversación y nos calumnie en los periódicos. La muerte de Chet es la noticia del siglo: un candidato a congresista asesinado... ¡para no hablar de los otros dos muertos del lago!

A Erin no le importaba nada de eso pero, a esas alturas, sabía ya que era imposible discutir con su madre.

—De acuerdo, ven tú a recogerme.

—El coche de Brandy está en el taller —le informó Alice—. Ella tendrá que recoger el mío para ir al supermercado, así que... Espera, puedo pedirle a Stanley Rogers que te recoja.

—De acuerdo.

—Dime dónde estás.

Había llegado hasta una calle. Leyó el primer letrero que encontró:

—En la esquina de Far Oak y Pine. Es en el

cañón más cercano a donde vive Joseph.

—No creo que tarde mucho si lo encuentro en su despacho —le dijo su madre—. Si no puede ir para allá, te avisaré.

—Bien —pensó que quizá no fuera tan mala idea recurrir a Stanley. Su carácter prudente y juicioso conseguiría convencer a Alice de que tomara las máximas precauciones.

Pensó en Chet. Sabía que no debería sentirse tan apenada por la pérdida de alguien que la había manipulado, estafado y robado de una forma tan odiosa, pero no podía evitarlo. Recordó la fotografía que había querido enseñarle, en la que aparecía él mismo con sus padres. ¿Qué habría querido decirle?

Por desgracia, era muy probable que nunca llegara a averiguarlo.

En la comisaría, el procedimiento siguió su curso habitual. Aunque Joseph sabía mejor que nadie que una detención llevaba su papeleo, se sentía cada vez más inquieto. Una vez que Rick le retiró las esposas, firmó los documentos que le presentaron con la mayor rapidez posible.

Finalmente, Rick lo llevó a una sala de interrogatorios e instaló una cámara de vídeo. Pero no la encendió.

—Escucha . . .

—¿Nos está viendo el jefe? —Joseph señaló el gran espejo de la pared.

Rick salió un momento a comprobarlo. Volvió negando con la cabeza.

—Tiene que dar una rueda de prensa.

—¿Para anunciarle a todo el mundo lo de mi detención?

—Eso parece. Mira, si insistes en llamar a un abogado, estás en tu derecho, pero eso sólo conseguirá retrasar las cosas. Pareces saber quién anda detrás de esto. Pensé que querrías decírmelo a mí antes de que alguien más pueda resultar asesinado...

Joseph se dijo que tenía razón. Esperar a un abogado significaría esperar varias horas hasta que lo interrogaran formalmente. Mientras tanto, Rick tendría que arreglárselas sin los detalles de la investigación. Y, por supuesto, ignoraba completamente qué le había pasado a Erin y dónde se encontraba...

—Hablaré, pero quiero que dejes en paz esa cosa por un rato —señaló la videocámara—. Quiero que ambos podamos hablar con entera libertad.

—De acuerdo —asintió Rick—. Será mejor que empieces ya. El jefe no tardará mucho en volver.

Joseph fue directamente al fondo del asunto.

—Cuando anoche dejamos a Chet Dever

en su casa, todavía estaba vivo.

—La pistola del asesino tiene tus huellas.

—Alguien la robó del bolso de Erin ayer, en casa de su madre. No lo denunció inmediatamente porque yo se la presté sabiendo que no tenía licencia para utilizarla. Extraña casualidad que el asesino dejara el arma en el escenario del crimen, ¿no te parece?

Lo mismo le había sucedido a su padre once años atrás. Rick no dejaba de tomar notas en su cuaderno.

—La recogimos en el exterior de la casa, debajo de unos arbustos.

—¿Quién la encontró?

—El comisario.

—¿Crees realmente que fue una casualidad?

—¿Dónde está Erin? —inquirió Rick, cambiando de tema.

—Salió de la cabaña por la puerta trasera minutos antes de que entrarais —le confesó Joseph—. No confío en el comisario. Alguien atentó contra su vida un par de veces. Bien pudo ser él.

Rick soltó un silbido de asombro.

—Esto es un asunto verdaderamente espinoso.

—Yo he respondido a tus preguntas. Dime tú lo que yo no sepa.

Todo dependía de que Rick aceptase su

versión de los hechos y lo creyera inocente. Confiar en un sospechoso era impropio de un policía y podía comprometer seriamente la investigación.

—¿Recuerdas que le había encargado a un agente que revisara las grabaciones del móvil de Bolding? Encontré un registro de llamadas al número de Marie Flanders en Los Ángeles. Las llamadas comenzaron poco después de que se casara con Alice Marshall y terminaron hará unos seis meses.

Debió haberlo adivinado. La conexión de Lance con Marie, junto con la de Marie con Todd Wilde, lo convertía en sospechoso de ambos asesinatos.

—Él era una de las personas que tuvieron acceso al bolso de Erin cuando desapareció el arma.

Rick soltó un suspiro frustrado.

—Gracias a que la dejaste escapar, no puedo apoyar tu teoría sobre la pistola ni sobre lo que ocurrió aquella noche en casa de Dever.

—Llámala a su móvil —le sugirió Joseph. Se sabía el número de memoria.

Rick lo marcó.

—Está ocupado.

—Probablemente esté llamando a su madre —de repente se le ocurrió otra posibilidad—: ¿Y si Bolding utiliza a su esposa para atraer a Erin?

—No sé qué beneficio puede sacar de asesinarla.

—Por lo que sabe hasta el momento, si muere ella, el legado de los Marshall pasaría a manos de su madre. Si Alice fallece de resultas de un presunto accidente, Bolding pasaría a controlar a su antojo la compañía. Al menos eso es lo que él piensa.

—Seguiré llamándola —le aseguró Rick—. Y ahora, vuélvete hacia la cámara y repite lo esencial de lo que me has dicho. De lo contrario, nuestro trato terminará aquí.

Joseph asintió con la cabeza, tenso. Era un gran riesgo, pero no le quedaba otra opción.

Capítulo 16

Mientras esperaba a Stanley, Erin telefoneó a Suzanne al despacho de abogados y le explicó lo de la pistola desaparecida y que, al parecer, Joseph había sido detenido por asesinato.

—Alguien mató anoche a Chet Dever.

—Oí que había muerto, pero no tenía ni idea... Conseguiré el mejor abogado penalista que tengamos —a Suzanne le tembló la voz—. Después de lo que le pasó a mi marido, no confío en la policía.

—Ni yo —admitió Erin.

—Tina me contó lo de Chet cuando me llamó para cancelar su actividad de esta tarde —continuó la madre de Joseph—. Se ha tomado el día libre en el instituto. Gene está tan afectado que Tina no quería dejarlo solo. Y yo también lo estoy ahora.

—Lo siento. Yo no quise arrastrarla a esto...

—No te eches la culpa. Tú eres lo mejor que

le ha sucedido a Joseph en su vida —suspiró, estremecida.

—Es un hombre maravilloso.

—Durante todos estos años no he dejado de decirme a mí misma que lo que le pasó a Lewis fue una casualidad, que esta población es segura y que la gente de aquí es básicamente decente. Yo me negué a creer que la persona que asesinó al pobre señor Nguyen y envió a Lewis a la muerte seguía estando suelta. Pero en el fondo de mi corazón siempre he recelado de Edgar Norris, y ahora mi hijo está en su poder...

—Yo sospecho también de mi padrastro —dijo Erin—. Ahora tengo que concentrarme en poner a salvo a mi madre. Sé que harás todo lo necesario por Joseph.

—Después de conseguirle un abogado, le contaré a Tina lo que ha pasado. Es una persona decente y, si su padre no la escucha, quizá Rick lo haga. Tenemos que liberar a mi hijo.

—Por favor, dile a Gene que Joseph no mató a Chet —añadió Erin—. Ahora lo que tengo que hacer es ir a buscar a mi madre. El director de finanzas pasará a recogerme.

Acababa de cortar la comunicación cuando un deportivo apareció en la carretera. No había esperado que un ejecutivo de sesenta años poseyera un vehículo semejante, pero reconoció de inmediato el logo estrellado de Marshall Company en el parabrisas. Al lado, curiosamente, había una pegatina VIP de un casino de Las Vegas.

Stanley sacó su cabeza canosa por la ventanilla y la saludó afectuosamente. Agradecida de contar con un aliado, subió al coche y se abrochó el cinturón de seguridad.

Cuando Joseph oyó el tono de su móvil en el bolsillo de Rick, lo primero que pensó fue que Erin había desobedecido sus órdenes para atreverse a llamarlo. Pero se dio cuenta de que no era ella en el instante en que Rick preguntó tras identificarse:

—¿Has hablado últimamente con Erin Marshall?

Al parecer su respuesta lo satisfizo. Después de apagar la videocámara, le informó:

—Es tu madre —y le entregó el teléfono.

Suzanne le puso al tanto de sus frenéticas gestiones con el abogado, que llegaría en un par de horas, y le relató su conversación con Erin.

—Quizá no debí haberlo hecho, pero después de que ella colgara, telefoneé a Tina y se lo conté todo. Está muy preocupada y yo también. Su hermano y ella piensan acercarse a la casa de los Bolding ahora mismo. Supongo que se encontrarán con Erin.

—¿Para qué meter a Gene y a Tina en todo esto? Mamá, ellos pueden contarle al comisario todo lo que está pasando. Y quiero a ese hombre lo más lejos posible de Erin.

—Lo siento. Creí que Tina podría ayudarnos —se disculpó su madre—. Hay más. No se me ocurrió cuando estuve hablando con Erin, pero hay algo acerca de Alice Marshall, digo Bolding, que... El problema es que es confidencial, el derecho a la intimidad que tienen todos nuestros clientes...

—Hay vidas en juego —le recordó Joseph—. Si tienes alguna información, no puedes callártela...

—Dame el móvil —intervino Rick—. Quiero escuchar personalmente esa información.

Joseph le pidió a su madre que colaborara con él. Suzanne aceptó y se lo explicó todo. Rick le hizo unas cuantas preguntas, le dio las gracias y cortó la comunicación.

—¿Qué te ha dicho? —le preguntó Joseph.

—Poco después del accidente que sufrió Erin, la señora Bolding se acercó al despacho de abogados y pidió que la nombraran fideicomisaria de su hija. Quería que Erin fuera declarada inhabilitada para gestionar su patrimonio. El abogado le comentó que no lo consideraba apropiado, tratándose de una incapacidad temporal.

—¿Quería privar del derecho de herencia a

su propia hija? Me extraña que la idea fuera suya. ¿Estuvo Lance involucrado de alguna manera?

Rick frunció el ceño.

—Según tu madre, la señora Bolding insistió en que no lo informaran de nada.

—No lo entiendo. No me imagino a Alice haciendo algo así a espaldas de su marido. Y teniendo cáncer además.

—¿La señora Bolding está enferma de cáncer?

—Eso es lo que Chet y ella misma le dijeron a Erin.

—Tengo un mal presentimiento —le confesó Rick mientras se apresuraba a revisar sus notas.

—¡Pues suéltalo! —Suzanne le había dicho que el director de finanzas de la empresa iba a llevar a Erin a casa de su madre en aquel mismo momento. No tardarían en llegar allí.

—Después de revisar la grabación de las llamadas de Bolding, hablé con la ex compañera de piso de Marie en Los Ángeles —dijo Rick—. Me comentó que Marie había padecido durante años de hepatitis C, posiblemente debido al abuso de drogas. ¿Sabías que eso puede derivar en cáncer de hígado? Me dijo que Marie había perdido mucho peso, pero que se negaba a ver a un médico. Insistía en que estaba a punto de culminar sus sueños y que nada iba a impedírselo.

—¿Así que tal vez preparó alguna estratagema con Todd Wilde? ¿Chantaje o amenazas, quizá? —eso le habría dado a Lance un móvil para matarlos, pero Joseph no veía la relación con el intento de Alice por apoderarse del dinero de su hija.

—Hay más. Tu madre acaba de revelarme otra cosa —continuó Rick—. Según ella, cuando estudiaban en el instituto, Alice y Marie se parecían tanto que la gente solía bromear con que eran gemelas. Al final, Marie se tiñó el pelo de negro para acabar con esos rumores.

Al principio, Joseph no comprendió la relevancia de aquel dato. De repente se le encogió el estómago.

—¿Tenemos ya alguna prueba definitiva de la identidad del cadáver de la mujer?

—Todavía no.

Bruscamente lo comprendió todo. Si tenía razón, quizá fuera demasiado tarde.

—Tenemos que localizar a Erin.

—Daré el aviso y enviaré un coche patrulla a casa de los Holding.

Cuando Rick ya estaba dando media vuelta, la puerta se abrió de golpe.

—¿Qué diablos está pasando aquí? —gruñó el comisario Norris—. Os estaba mirando por el espejo y resulta que estabais charlando tranquilamente como los mejores amigos del mundo —señaló la videocámara—. ¿Por qué no está activado esto? ¡Sargento Valdez, queda relevado temporalmente de servicio, pendiente de una investigación del departamento de Asuntos Internos!

—Tengo razones para creer que Erin Marshall se encuentra en una situación de peligro inminente —afirmó Rick—. Joseph y Suzanne Lowery me han suministrado información suficiente para...

—¿Quieres que te detenga a ti también? Sal de aquí y mantén la boca cerrada, Valdez, si no quieres perder la placa. Te puedo denunciar además por obstrucción a la justicia...

—No es sólo Erin quien está en peligro —intervino Joseph—. Sus hijos...

—¡Deja a mi familia fuera de esto! —airado, el comisario fue a echar mano de su pistola.

Joseph ya se había preparado para actuar. No pensaba quedarse sentado esperando a que Rick pudiera salir del apuro y hacer algo. No con la vida de Erin en juego.

Así que le descargó a Norris un puñetazo en la mandíbula.

—Es increíble —comentó Stanley mientras conducía por la carretera del lago—. No puedo creer que Chet haya muerto. Siempre pensé que los dos acabaríais volviendo juntos.

Erin no se molestó en corregir su equivocada suposición.

—Yo también siento mucho lo sucedido.

—La oficina entera está de duelo. Les he dado el día libre, pero yo no me lo he tomado. Tu madre me pidió que siguiera en activo hasta que el consejo de administración elija un sustituto.

—Gracias —pensó que la empresa tenía que seguir funcionando, por supuesto.

—Sus padres desean celebrar el funeral tan pronto como los forenses terminen de examinar el cuerpo —añadió Stanley—. Estoy seguro de que les gustaría que asistieras.

Erin sintió una punzada de culpabilidad por no haber pensado en el impacto de la muerte de Chet en su familia y en los empleados de su empresa. Tenía que haber sido un golpe duro para Stanely, uno de sus compañeros más cercanos. Pero su preocupación por Joseph y por su madre era lo primero. Mientras se acercaban al lago, evocó las escenas de la tarde anterior. Lance irrumpiendo en la casa acusando a Alice. Brandy devolviéndole el bolso, ya sin la pistola. Chet admitiendo que le había quitado el dinero. Tantas cosas se habían sucedido que no había sido capaz de calibrar muchas de las consecuencias. En aquel momento se le ocurrió algo.

Su padre le había comentado una vez que en Marshall Company no se movía un solo céntimo sin que Stanley se enterara. Chet no había tenido acceso directo a su fondo personal. No podía haberlo robado sin la colaboración del propio Stanley.

Miró de reojo al hombre que estaba sentado a su lado. Había trabajado para los Marshall desde antes de que naciera ella. Su padre y él habían sido amigos, aunque dudaba que Andrew hubiera intimado demasiado con nadie de fuera de la familia. Juntos habían salido numerosas veces de caza a la montaña. A la vuelta de una de aquellas excursiones, su padre le había contado, riendo, que habían estado jugando a las cartas por la noche, al calor de la fogata, y que Stanley había demostrado un talento especial para perderlo todo y aun así seguir jugando.

Al bonachón de Stanley no le había molestado la pulla. Algún día, había asegurado, haría su agosto en los casinos de Las Vegas. Erin contuvo el aliento, recordando la pegatina de Las Vegas que llevaba en el deportivo: era del aparcamiento de un gran casino, del tipo que solían llevar los mejores clientes, los grandes jugadores...

Su padre debía de haber ignorado algunas indicios y, quizá en aquel entonces, Stanley habría tenido el buen sentido de moderar su afición. Pero durante los dos últimos años no había tenido a nadie detrás de él, controlándolo. No se atrevía a revelar a nadie sus sospechas. Si eran ciertas, su madre se había equivocado terriblemente al confiar en su director de finanzas. Al final, Chet se había decidido a confesarle su estafa. ¿Hasta dónde estaría dispuesto a llegar Stanley para encubrir la suya?

Norris se golpeó con la cabeza en la pared. Se derrumbó en el suelo como un saco de patatas. Jadeando, Joseph calculó la reacción de Rick. Era una buena señal que no hubiera sacado su arma.

—Si quieres, puedo esposarte y amordazarte. De lo contrario tendrás que dispararme, porque pienso salir en busca de Erin.

—No lo conseguirías —se arrodilló junto al comisario—. Respira con normalidad. Supongo que tendrá un buen dolor de cabeza. Deberíamos llamar a un médico, por si acaso...

—Ya lo llamaré yo desde el coche. Dame las llaves.

—Tengo una idea mejor —Rick sacó sus esposas—. Yo te esposaré a ti. Esta vez tendrás que confiar en mí.

—Rick...

—¿Quieres salir de la comisaria o no?

Joseph pensó que su amigo tenía razón. A esas alturas, cada policía del distrito de Sundown Valley estaría al tanto de su detención. Él mismo les daría una disculpa para que le dispararan si lo sorprendían escapando. Le ofreció las muñecas y Rick lo esposó.

Lo sacó de la habitación, cerrando la puerta a su espalda.

—Será mejor que nos demos prisa —le dijo al oído—. En cualquier momento el jefe podría empezar a ponerse a chillar...

Varias cabezas se volvieron cuando entraron en el aparcamiento. El capitán de los patrulleros, Mario Hernández, los miró extrañado.

—¿Adónde te lo llevas?

—A hacer una identificación —respondió Rick.

—Ya, bueno, pues espero que identifique al tipo que mató a Dever, porque todos estamos convencidos de que no fue él —miró a Joseph—. Tu padre era un buen hombre. Yo siempre creí en Lewis. Y en ti también.

—Gracias —repuso Joseph.

Tan pronto como llegaron al coche, Rick le quitó las esposas y salieron del aparcamiento. Segundos después, sin embargo, escucharon en la radio una orden de búsqueda para todos los patrullas. Los buscaban. A los dos.

—Parece que el jefe ya se ha recuperado —comentó secamente Rick.

—Nunca olvidaré lo que has hecho —Joseph sabía que su amigo acababa de sacrificar su carrera y probablemente mucho más con aquel gesto, a no ser que ambos pudieran demostrar la culpabilidad del comisario en aquel asunto. Y ni siquiera en ese caso la relación de Rick con Tina parecía tener mucho futuro.

Rick le entregó su móvil.

—Llama a Erin y adviértela.

Joseph marcó el número. Una sirena empezó a sonar a su espalda: la del primer coche perseguidor. Para su alivio, Erin respondió con un tentativo: «¿diga?».

—Soy yo... —unos extraños ruidos enturbiaron la comunicación, que se cortó al cabo de unos segundos.

—¿Qué ha pasado?

—Me temo que alguien la ha interceptado —contestó, sombrío.

Erin miraba a Stanley con expresión incrédula. Acaba de arrancárselo de la mano para lanzarlo por la ventanilla.

—Lo siento —el ejecutivo hizo un vago gesto con la mano—. Los móviles interfieren con mi marcapasos. Reconozco que ha sido una reacción exagerada, de emergencia.

Erin ignoraba que Stanley tuviera problemas de corazón.

—Recuerdo el lugar donde lo he tirado —
añadió—. Iré a buscarlo y te lo traeré después.
Tu madre tiene muchas ganas de verte.

La tensión de su actitud la alarmó. Ya no dudaba de sus sospechas: había participado en
la estafa, y quizá en muchas cosas más. . .

Dos días atrás, había ido a su despacho y le
había pedido un informe completo sobre sus
fondos. Pocas horas después alguien había
disparado contra ella y contra Joseph, posiblemente con un rifle de caza. Por teléfono,
Joseph había intentado advertirla de algo. Tenía que haberse tratado de Stanley.

Iban demasiado rápido y no podía arriesgarse a saltar en marcha. Casi inmediatamente, el deportivo giró y enfiló hacia Rainbow
Lane. Aquel no era el camino de la casa de
su madre. Rainbow Lane llevaba al antiguo
embarcadero del lago.

—Siempre supe que al jefe no le caías bien,
pero evidentemente el asunto es bastante
más complejo —comentó Rick.

—Te enterarías de lo que le pasó a mi padre, ¿no? Norris debió de estar complicado
de alguna manera en el robo, aunque tenía
una coartada para esa noche.

—Yo tampoco le tengo mucho afecto, pero

jamás me lo imaginaría haciendo algo así. ¿Para qué planear un robo a una joyería cuando podía perderlo todo? El riesgo era demasiado alto.

—Y el premio también.

El sonido de su sirena, que Rick había activado junto con los reflectores de emergencia, no había ahogado las de sus perseguidores. Más de un coche se había sumado a la cacería, a juzgar por el estruendo.

A Joseph le parecía improbable que, por muy alta que hubiera sido la suma, Norris hubiera arriesgado su libertad y su posición de aquella manera. De pronto, frente a ellos, un coche patrulla salió de una calle lateral bloqueándoles parcialmente el paso. Al fondo, el tráfico se hallaba detenido.

—Agárrate —ordenó Rick.

—Adelante.

Rick dio un volantazo y se colocó en el carril contrario de la carretera.

—Se te da bien.

—Era mi asignatura favorita en la academia —pasaron a toda velocidad por delante del morro del coche patrulla.

Bajo otras circunstancias, Joseph habría disfrutado de la excitación del momento. Pero ahora la situación era diferente. No podía soportar la perspectiva de perder a Erin.

Los altos árboles proyectaban sus sombras sobre el parabrisas. Vagos recuerdos asaltaron la mente de Erin. Desviándose para eludir un bache, Stanley aplastó un arbusto florido en la cuneta. Fue el dulce aroma de las flores lo que activó definitivamente su memoria con dolorosa claridad. La furgoneta. La mirada feroz, airada, tras el parabrisas. Las sombras de los árboles retirándose del cristal para revelar el rostro de Stanley.

No había tiempo para averiguar de qué manera Lance se había relacionado con Stanley o el papel que Chet había jugado en todo aquello. Al fondo se extendía el frío, ominoso lago. Tenía que salvar la vida, como fuera, y también la de su madre. Se soltó el cinturón y abrió la puerta. Asustado, Stanley la agarró de la blusa, haciéndole perder el equilibrio. Erin se liberó de un tirón tan fuerte que a punto estuvo de caer de cabeza a la carretera.

—¿Qué estás haciendo? ¡Para!

Pero su intención no era arrojarse fuera del coche. Apoyándose en la puerta abierta, le soltó una patada con todas sus fuerzas. Aunque apenas le hizo daño en el hombro, el sobresalto bastó para hacerle dar un volantazo. El coche dio un bandazo violento. Acabaron estrellándose contra un árbol. La fuerza del impacto la proyectó contra el conductor. Stanley se golpeó la cabeza contra la ventanilla lateral.

No supo cuánto tiempo había pasado. De repente empezó a escuchar el rumor de su propia respiración. Stanley no se movía. Reacia a tocarlo, apagó el motor y se arrastró fuera del vehículo. Intentando ignorar el punzante dolor del hombro, logró salir y evaluar los daños. Pese al estado del parachoques y al golpe del capó, el deportivo no parecía estar en tan malas condiciones.

Quizá podía funcionar, y tenía que llegar a casa de Alice. Rodeó el coche y abrió la puerta del conductor. Stanley basculó hacia delante como un peso muerto. Tenía sangre en la cabeza pero parecía respirar normalmente. No lo dudó: lo agarró por las axilas y lo sacó del vehículo. Una vez en el suelo, vio que se removía un poco, gimiendo, y se quedó estremecida. Tenía que marcharse antes de que volviera en sí.

Se sentó al volante, activó el cierre de seguridad de las puertas e intentó arrancar el motor. No funcionaba. Tumbado en el pavimento de la carretera, Stanley abrió los ojos. Primero la miró aturdido y luego con creciente alarma.

Erin lo intentó de nuevo, en vano. Stanely

se sentó pesadamente y sacó su móvil de un bolsillo del pantalón. Debía de estar llamando a su cómplice para decirle... ¿qué? ¿Que matara a Alice? Por fin el motor arrancó. Era demasiado tarde para impedir que Stanley hiciera esa llamada, y la perspectiva de atropellarlo le revolvía las entrañas. No podía hacer eso. Era mejor dirigirse cuanto antes a casa de su madre y llevársela de allí.

Estaba a un kilómetro de distancia. Quizá todavía le quedara tiempo.

CAPÍTULO 17

Era como si todas las sirenas del mundo se hubieran puesto a funcionar a la vez. Joseph, al menos, tenía esa sensación. Los coches patrulla, sin embargo, no aparecían por ninguna parte mientras Rick tomaba una larga serie de atajos.

—Ya deben de haber adivinado nuestra ruta. Tal vez encontremos bloqueada Aurora Avenue —comentó Joseph.

—Si eso sucede, prepárate para lo peor.

—Procura no matarnos a los dos.

—Lo intentaré.

—Cuando hace un rato estuviste hablando con tu madre, mencionaste el nombre de Tina —le recordó Rick—. ¿Por qué?

—Al parecer Tina está muy preocupada por Erin, así que tanto ella como su hermano se dirigen también en este momento a casa de los Bolding.

—¿En qué estará pensando esa mujer para exponerse a un peligro semejante? —masculló Rick—. Me moriría si algo le sucediera, aunque probablemente nunca más volverá a hablarme cuando se entere de lo que le hemos hecho a su padre.

—Fui yo quien le pegó el puñetazo.

—Pero yo te dejé.

—Yo creía que mis reflejos te pillaron desprevenido.

—Ni lo sueñes.

—¿No pensarás que Gene está mezclado en esto, verdad? —le preguntó Joseph.

—A estas alturas, no me extrañaría que estuviera toda la población enredada excepto Erin, tú y yo —repuso Rick—. Y quizá Tina.

—¿Quizá?

—Tina adora a su familia. No sé de lo que sería capaz para protegerlos.

Joseph sabía lo lejos que estaba dispuesta a llegar Erin para proteger a su madre. Lo suficiente para arriesgar su propia vida. El problema era que la mujer que la estaba esperando en aquel momento... tal vez no fuera su madre.

Mientras enfilaba a toda velocidad hacia la casa de los Bolding, Erin alcanzó a escuchar el eco de las sirenas. Pensó que probablemente se dirigirían hacia un accidente, en la autopista.

Pese al sol de mediodía, la mansión parecía

oscura, lúgubre. No había coches aparcados. Quizás le durara la racha de buena suerte. Bajó del coche, corrió hacia el porche y se alegró al ver que la puerta estaba abierta.

—¡Mamá! Yo... —nada más entrar en el salón, vio a alguien tumbado en el sofá. Se detuvo, paralizada. No podía ser su madre. «Por favor, que no sea ella», rezó.

Al acercarse, reconoció la corpulenta figura de Lance. Parecía aturdido, apenas podía mover la cabeza. Su expresión aturdida le recordó inmediatamente la de Stanley yaciendo en la carretera. Excepto que tenía el aspecto de una persona perfectamente consciente.

—¿Qué te ha pasado?

—Dro droga... —cerró los ojos, como si el esfuerzo fuera demasiado grande.

—Oh, aquí estás —Alice salió del ala de los dormitorios—. Me quedé tan preocupada cuando llamó Stanley...

—¿Stanley te llamó? —había esperado que llamaría a su socio, a su cómplice, y no a ella—. Querrás decir que intentó llamar a Lance.

—Me temo que mi marido no está para recibir llamadas —no parecía la Alice de siempre. Tenía la misma voz ronca, pero con una inflexión fría, implacable—. El cambio de tiempo le ha afectado.

—¿Y tú te encuentras bien? —Erin no sabía cómo reaccionar.

—Sólo un poquito sedienta. Déjame ofrecerte algo de beber. Tengo limonada recién hecha, de la que a ti te gusta —sonrió, tensa.

Erin pensó que Brandy debía de haberla drogado a ella y a Lance.

—No, mamá, nos vamos. Ahora mismo. ¿Brandy sigue aquí?

—Se fue al supermercado —respondió, sin dejar en ningún momento de sonreír de aquella manera tan poco natural—. Cariño, debiste haber atendido debidamente a Stanley. Me ha dicho que está conmocionado. Tendremos suerte si no nos pone una denuncia.

—Stanley intentó matarme.

—¡No puedo creerlo! —pero su expresión no parecía sincera. A Erin le recordó la de una mala actriz.

Todo le parecía diferente, incluida su madre. ¿Acaso el aroma de las flores que había olido antes le había agudizado también las percepciones, además de devolverle los recuerdos? Quizá su madre siempre había sido así. Cuando llegó a aquella casa procedente del hospital, muchas cosas se le habían antojado irreales, pero lo había atribuido a los efectos de la herida de la cabeza. Ahora tenía una sensación aún más extraña, como si echara de menos algo esencial en su madre. A su alrededor, el ambiente de la casa resultaba opresivo, asfixiante.

—Vamos fuera.

—¿Por qué?

—Porque nos vamos. Y porque este lugar me pone los pelos de punta.

—¿Qué te pasa? ¿Por qué no te tomas un vaso de limonada conmigo? ¿Es que no soy lo suficientemente buena para ti?

La violencia de la expresión de Alice la tomó desprevenida. Su madre la amaba, y no había rastro alguno de amor en aquel rostro.

Un coche patrulla les cortó el paso en Shore Drive, cerca del cruce con Aurora. Y Rick no tuvo más remedio que frenar a fondo. Al volante del vehículo Joseph reconoció a Bob Wheeler, un patrullero que llevaba menos de dos años en el cuerpo. Poco antes de ascender a inspector, lo había ayudado personalmente a prepararse.

—Está solo —dijo Rick—. ¡Muévete!

Joseph bajó del coche y echó a correr hacia los árboles más cercanos, agachado. Rick salió por el otro lado, con las manos en alto.

—¡Quieto!

Rick ignoró la orden y continuó andando, esperando escuchar el silbido de una bala en cualquier momento.

—¡Espera! ¡Tengo algo que decirte! —oyó que gritaba al patrullero.

Desde donde estaba alcanzó a escuchar unas pocas frases, con las palabras «el comisario» y «Erin Marshall». Evidentemente estaba intentando convencerlo. Bob no tardaría en darse cuenta de que no podía estar en dos lugares a la vez. Seguro que procedería a esposar a su detenido antes que arriesgarse a perder a los dos.

Un par de niños que estaban jugando en la calle se detuvieron a ver a Joseph cuando pasó al lado, escondiéndose. Esperaba que el patrullero reanudara la persecución de un instante a otro. ¿Cuánto tiempo podría tardar en esposar a Rick y encerrarlo en el asiento trasero de su vehículo? A no ser, por supuesto, que se creyera la historia.

Le quedaban unos trescientos metros. Corría rápido, sin perder el ritmo. Tal vez no tropezara con ningún obstáculo... De repente escuchó el rumor de un coche a su espalda. Al parecer Bob no se había entretenido demasiado, después de todo...

Se ocultó detrás de unos arbustos. Por desgracia no eran lo suficientemente espesos para proporcionarle un buen escondite. Todo indicaba que su buena suerte había terminado.

····

—Tía Marie —pronunció Erin sin pensar.

La mujer entornó con los ojos con expresión amenazadora.

—Hola, Erin.

El accidente de la lancha. Su madre debía de haberse ahogado realmente cinco meses y medio atrás. Durante todo ese tiempo Alice Marshall Bolding había estado muerta, usurpada su identidad por su propia hermana. Se le llenaron los ojos de lágrimas. Alice siempre había querido a su hermana, mientras que Marie había ideado una infame estratagema, manipulando a Erin. En Los Ángeles debía de haberlo preparado todo, mano a mano con Lance: la maquinación para seducir a la viuda rica para luego matarla. A juzgar por su aspecto, sin embargo, no parecía que fuera a sobrevivir lo suficiente para saborear las delicias de su triunfo.

—¿Cómo has podido . . . ? ¿Cómo has podido hacer algo así?

—No fue fácil, te lo aseguro, ni siquiera para una actriz como yo —se comportaba como si sus reproches fueran cumplidos para ella—. Piensa, por ejemplo, en toda la gente de la que tuve que esconderme o que sobornar —continuó Marie con toda calma—. Por supuesto, la cosa se puso un poco fea cuando Todd lo descubrió todo e intentó chantajearme a mí.

—¿Tú lo mataste?

—Oh, no tuve que hacerlo personalmente. Tengo amigos en los lugares adecuados.

—¿Y qué pasa conmigo? —Erin sabía que debería huir, pero una mórbida fascinación la mantenía clavada en el sitio—. ¿Dónde encajo yo?

—Tú eres la mayor amenaza de todas. Y la recompensa más alta. Cuando tú mueras, lo poseeré todo.

—No. He cambiado mi testamento.

—Maldito Stanley —cerró los puños de rabia—. Debió haberlo hecho bien la primera vez. Tenías que haber muerto. No sé qué es lo que tienes, Erin, aparte de dinero. No eres tan hermosa. ¿Por qué Chet te quería tanto? Él te lo habría contado todo.

Pensó que la noche anterior, cuando sacó la foto de familia, Chet debió de querer refrescarle la memoria acerca de Alice.

—Tú lo mataste y culpaste a Joseph. ¿O hiciste que Stanley hiciera el trabajo sucio?

—Por supuesto. Yo odio disparar a la gente. Pero haré una excepción en tu caso —extrajo una pequeña pistola de un bolsillo.

Una sensación de irrealidad invadió a Erin. Ni siquiera sentía miedo, al menos por el momento.

—¿Cómo pudiste convertir a dos ejecutivos en asesinos?

—¿Ejecutivos, dices? ¿Te refieres a esos dos ladrones? —soltó una amarga carcajada—. El mismo detective privado que contraté para rastrear las actividades de tu madre con Lance hizo también una pequeña labor de espionaje en la empresa. Un jugador compulsivo y un político necesitado de dinero. Sabía que por fuerza querrían meter las manos en la caja.

Erin fingió pasear, en un intento por ganar distancia. Si seguía distrayéndola, quizá podría alejarse lo suficiente y echar a correr.

—Fuiste tú quien hizo el cambio de secretarias.

—Al final resulta que no fue necesario. Fue como un experimento científico. A Chet y a Stanely no podía engañarlos, pero te sorprendería saber la cantidad de gente que se tragó que yo era Alice. Bueno, no, supongo que no te sorprendería, ya que tú fuiste uno de ellos...

Erin siguió retrocediendo. Un par de pasos más y correría el riesgo.

—Bueno, me temo que no tengo todo el día. Vamos, niña rica —pronunció con tono venenoso—. Ya idearé alguna forma de volver a cambiar tu testamento. Ahora mismo vamos a dar un paseo en lancha.

—Bien —Erin aprovechó la excusa que le

ofrecía en bandeja y echó a andar hacia la salida.

—¡Por ahí no! —tronó Marie—. ¡Por la puerta trasera!

El picaporte estaba al alcance de su mano. Lo giró y salió al porche. Sonó un disparo.

Un sedán verde pasó a toda velocidad al lado de Joseph. Vio a Tina Norris en el asiento del pasajero y a Gene conduciendo. Ninguno de los dos miró en su dirección. Soltó un profundo suspiro. Todavía tenía una oportunidad de llegar hasta Erin, suponiendo que hubiera llegado a casa de los Bolding. No quería ni pensar en la posibilidad de que no lo hubiera hecho.

Aquel director de finanzas debía de ser uno de los cómplices de Marie. Se dijo que debería haber sospechado de todo aquel que tuviera algo que ver con Marshall Company. Siguió avanzando a escondidas, con el eco de las sirenas cada vez más cerca. Uno de los coches patrulla se había adelantado a los demás: era el de Bob. Ignoraba si con buenas o malas intenciones.

Al doblar una esquina, la casa de los Bolding apareció ante él. Había dos vehículos aparcados. El de Gen y, varios metros más allá, un deportivo. De repente la puerta principal se abrió de golpe: ¡Erin! Apenas la vio cuando sonó un disparo.

Echó a correr con todas sus fuerzas.

Erin se apartó de la puerta. En aquel preciso momento, Tina bajaba del sedán.

—¡Cuidado! —chilló para avisarla.

Marie apareció en el porche. Vacilando por un instante, miró a Tina antes de lanzarse en persecución de su sobrina. Erin se agachó detrás la mecedora, el único refugio que encontró, demasiado exiguo para cubrirla...

—¡No! —el grito vino de Gene.

Viendo que echaba a correr hacia ellas, Erin se preguntó que estaría haciendo allí. Marie vaciló de nuevo. Debió de adivinar que Gene pretendía echar mano de su arma, porque se giró e hizo fuego.

A unos pocos metros de distancia, Gene se tambaleó y cayó al suelo. Tina empezó a gritar. El lamento de una sirena llenó el aire. Una figura salió de entre los árboles y obligó a la paralizada Tina a refugiarse detrás del sedán.

Joseph. Sintió una punzada de alivio mezclada de terror. Marie también dispararía contra él.

—¡Vete!

Joseph salió de detrás del coche, gritando a su vez:

—¡Corre, Erin! ¡Sal de aquí!

Soltando una maldición, Marie disparó. Sonaron varios tiros, que impactaron en el vehículo.

—¡Corre te digo! —gritó de nuevo Joseph.

Marie le apuntó de nuevo. Decidida a salvarlo a toda costa, Erin se incorporó y le lanzó el bolso con todas sus fuerzas. Su tía alzó un brazo para protegerse. Joseph aprovechó aquella fracción de segundo para atravesar el aparcamiento a la carrera y refugiarse detrás del deportivo.

Recuperada de su sorpresa, Marie siguió disparando. Parecía obsesionada con matar a Joseph. Desesperada, Erin se sacó un zapato y se lo lanzó con todas sus fuerzas.

—¡Quieta! —Marie consiguió esquivarlo.

Le tiró el otro. Esa vez la golpeó en la cabeza, justo en el instante en que estaba haciendo fuego. El disparo se desvió al aire. Joseph salió de detrás del deportivo y echó a correr. Pero esa vez no calculó bien el tiempo. Marie consiguió apuntarle a quemarropa.

—¡No! —chilló Erin. Apenas advirtió la presencia del coche de policía que acababa de llegar.

El tiempo se congeló en aquel instante. Pudo ver cómo su tía empezaba a apretar el gatillo. En medio de un estruendo ensordecedor, Joseph basculó hacia un lado y cayó al suelo.

■■■

Le ardía la pierna mientras respiraba olor a pólvora. Sonaban disparos por doquier. Cuando terminó de rodar por el suelo, vio sangre delante de la puerta, en la ventana cercana, por todas partes... como si alguien la hubiera esparcido a brochazos. Marie, elevada momentáneamente en el aire por el impacto de las balas, se desplomó al fin y rodó escalones abajo.

—¡Que nadie se mueva! —ordenó Rick. Detrás de él, Joseph oyó a Bob avisar por radio a una ambulancia—. ¿Quién hay en la casa?

La voz de Erin, temblorosa pero clara, respondió:

—Solamente Lance, por lo que yo sé. Lo han drogado. Está tumbado en el salón del sofá.

Joseph se tocó la pierna y se miró la mano. Aunque le dolía terriblemente, no sangraba mucho.

—¿Gene? —era Tina, arrodillada frente a su hermano—. ¡Gene, háblame!

Más sirenas. El comisario había llegado. Joseph lo vio mientras se sentaba en el suelo. Iba a pagar un precio muy alto por su traición. Pero lo importante era que Erin había sobrevivido. Era lo único que contaba.

Las lágrimas rodaban por el rostro de Erin. No sabía muy bien por quién lloraba: si por ella misma, por su madre, por Gene o por Joseph. Probablemente por todos a la vez.

Tan pronto como Rick bajó su arma, echó a correr hacia Joseph.

—¿No es grave, verdad? —si no hubiera temido hacerle daño, lo habría abrazado.

—Sólo es un rasguño. ¿Y tú? ¿Cómo estás?

—Bien. Sana y salva...

Joseph desvió la mirada hacia el comisario, que se había arrodillado frente a su hijo, a unos metros de allí.

—Mi madre contrató por fin un abogado. Me temo que le voy a dar mucho trabajo.

El comisario, que lo había oído, exclamó furioso:

—¡Y que lo digas! —alzó la mirada hacia él—. Todo esto es obra tuya, Lowery —gritó a los demás agentes—: ¿Dónde está esa ambulancia? ¿Es que no veis que mi hijo se está desangrando?

Se oyó otra sirena a lo lejos. La ayuda estaba en camino.

—No le eches la culpa a Joseph. Fue Gene quien insistió en venir —explicó Tina, de rodillas a su lado—. Durante todo el camino no dejaba de decirme que tenía que hacer las cosas bien. ¿A qué se refería, papá?

—No te preocupes por eso. Sabemos perfectamente quién es el responsable de todo esto.

Varios agentes entraron apresurados en la casa para registrarla de pies a cabeza. Erin recordó que no había visto a Brandy por ninguna parte. Miró el cuerpo desmadejado de su tía y se apresuró a desviar la mirada.

—Papá, deja a Joseph al margen de esto —suplicó Gene entre estertores—. Tú sabes que Todd mató al señor Nguyen. Y yo. . .

—¡Cállate!

Pero Gene acabó diciendo lo que tenía que decir:

—No debiste haberme encubierto.

La mirada de Erin se encontró con la de Tina. Lo que vio en sus ojos fue una mezcla de horror y estupefacción. Durante todo el tiempo, el comisario había estado protegiendo a su hijo. Erin se preguntó en qué momento habría intervenido, aunque eso apenas importaba ahora. Obviamente había desviado la investigación para acusar injustamente al padre de Joseph.

Dado que su tía había proporcionado la coartada necesaria a Todd, por fuerza tenía que haber sabido que él era el asesino y que Gene había estado involucrado. Una vez suplantada la identidad de su hermana Alice,

308

dicha información le habría permitido chantajear al comisario Norris para que cerrara la investigación y apartara a Joseph de su caso.

—¿De qué estás hablando? —le preguntó Tina a su hermano.

—El robo fue mi... —masculló. El dolor le impedía pronunciar las palabras.

—¡Cállate! —volvió a ordenarle su padre—. ¿Es que no tienes cerebro?

A juzgar por la actitud de Joseph, Erin pensó que iba a decir algo, pero se contuvo.

—Mejor será dejar que los compañeros lo escuchen por sí mismos —murmuró.

A un lado, Rick había sacado un cuaderno y estaba tomando notas en silencio. Gene continuó, dirigiéndose a su hermana:

—Pensé que sería una cuestión de dinero fácil. Pero todo salió mal. Papá me dijo que lo había «arreglado», pero al parecer no fue así. Me avergüenza lo que le hicimos al padre de Joseph —su voz se debilitaba por momentos.

—Papá, ¿es eso verdad? —exigió saber Tina.

De repente Gene languideció aún más. Sus miembros se aflojaron.

—¡Gene! —el comisario se inclinó sobre su hijo—. ¡Por el amor de Dios, no te mueras!

La sirena de la ambulancia se acercaba. Con un suspiro, Gene abrió los ojos.

—Marie te obligó a matar a Todd, ¿verdad, papá?

—¡Cállate! ¿Es que no tienes un gramo de sentido común?

—¿Quién es Marie? —quiso saber Tina.

La ambulancia apareció por fin. Erin se volvió a tiempo de ver a dos agentes ayudando a Lance a salir de la casa. También se presentó Brandy, a bordo de su coche. Se había quedado pálida como la cera. Norris señaló a la recién llegada:

—Arrestad a esa mujer. Que no hable con nadie más que conmigo —a continuación señaló a Lance—. Y con ése igual. No quiero contaminar sus testimonios.

—No acatéis esa orden —intervino Rick—. Comisario, queda detenido por obstrucción a la justicia. Entrégueme su arma ahora mismo.

—No tienes autoridad para...

Dos agentes desenfundaron sus pistolas y encañonaron a su jefe. Furioso, Norris fue a echar mano de la suya.

—¡Apártate, Tina! —Rick alzó su arma.

—No soy un maldito loco —masculló el comisario, entregando su pistola a uno de los agentes—. Cuando haya acabado contigo, Valdez, tendrás que dedicarte a otra cosa.

—Usted se negó a proteger debidamente a Erin Marshall, y todos podemos ver los resultados —dijo Rick—. Todos hemos oído la declaración que ha hecho su hijo. Pese a lo que pueda pensar, no está por encima de la ley, comisario.

—Nunca volverás a ver a mi hija, canalla...

—Eso le corresponde decidirlo a ella —replicó mientras sacaba sus esposas.

Ya no hubo oportunidad de hablar más mientras los sanitarios entraban en escena. Llegaron más ambulancias y la policía procedió a llevarse a los sospechosos: el comisario Norris, Lance y Brandy. Apareció también un coche patrulla con Stanley Rogers en el asiento de atrás.

Un sanitario tomó la tensión a Erin para asegurarse de que no estaba bajo los efectos de un shock. En medio de la confusión, se vio separada de Joseph.

—¿Dónde esta? —le preguntó a Rick.

—Se lo llevan en ambulancia.

—Iré con él.

Rick la agarró de un brazo, deteniéndola.

—Erin, no hay sitio. Además, eres uno de nuestros testigos principales. Te necesito en comisaría para las declaraciones.

Ansiaba estar con Joseph, pero... ¿acaso no habría querido él mismo que lo ayudara a cerrar de una vez por todas la investigación?

—Créeme, nos informaremos a cada momento de su estado. Y ya sabes que no es grave.

—¿Qué pasa con la denuncia que tiene pendiente? ¿Lo seguirán acusando de asesinato?

—Hoy mismo se la anularemos. Te necesitamos a ti precisamente para eso. Tú eres su coartada para lo de anoche, ¿recuerdas?

Asintió con la cabeza, reacia. Le disgustaba terriblemente tener que dejarlo solo.

No había razón alguna para que no pudieran seguir siendo amigos y amantes. Sin embargo, cuando terminaron de meter la camilla y se cerraron las puertas de la ambulancia, una ominosa sensación de alejamiento empezó a apoderarse de ella. Años atrás había creído que nada ni nadie los separaría, pero se había equivocado. Esa vez rezó desesperadamente para que eso no volviera a repetirse.

Capítulo 18

Los días que siguieron a la muerte de Marie transcurrieron en medio de una frenética actividad. Lo que más deseaba Erin era estar con Joseph, cuya herida se le había infectado. Pero una vez que empezó a recuperarse, tuvo que delegar el papel de ángel guardián en Suzanne, su madre.

El jueves, los análisis de las piezas dentales identificaron definitivamente el cadáver de mujer que había sido encontrado en el lago. Era su madre. Aunque Erin ya lo había sospechado, la noticia le desgarró el corazón. Tuvo que enfrentarse a la triste perspectiva de preparar un funeral para darle su último adiós.

El viernes, Abe Fitch leyó el testamento de Alice Marshall Bolding, por el que legaba todo su patrimonio a su hija. Erin se convirtió así en la única propietaria de una compañía valorada en más de cien millones de dólares. Una compañía que había perdido a su director ejecutivo y de finanzas, y que necesitaba una auditoría de emergencia para aclarar el volumen de la estafa.

Durante los días siguientes, y dado que se había quedado sola en la cabaña, periodistas y paparazzis controlaron hasta el último de sus movimientos. Consciente de que Joseph necesitaría descanso y tranquilidad cuando le dieran el alta, se trasladó con sus pertenencias a un apartamento de la compañía Marshall cercano a la sede. Allí se hallaba protegida por un estricto servicio de seguridad, con coche y chófer a su disposición. Instaló asimismo el equipo necesario para mantenerse en contacto con sus asesores de la empresa.

El lunes, un antiguo director ejecutivo se ofreció a asesorarla para elegir un nuevo consejo de administración. También contaba con el apoyo de un ejército de abogados. Aun así, la máxima responsabilidad seguía recayendo sobre sus hombros. Y sin la ayuda de Joseph encontró la fuerza necesaria para asumirla. Estaba decidida a convertir Marshall Company en un agente impulsor de la prosperidad y el bienestar de Sundown Valley. Mientras aprendía los secretos del oficio de la mano del antiguo director, no perdió de vista en ningún momento ese objetivo tan ambicioso.

Pensó con frecuencia en Joseph durante aquellas largas jornadas de trabajo. Y ansió poder abrazarlo cada noche. Se consolaba diciéndose que ya llegaría ese momento, y que por tanto no tenía por qué preocuparse.

Cuando Joseph abandonó el hospital, Suzanne se vio obligada a pedirle a Erin que evitara su casa por miedo a que se montara un verdadero circo mediático, como le había ocurrido a ella al principio. Su hijo aún se cansaba con facilidad, le explicó a modo de disculpa antes de pasarle la llamada. Por teléfono, Joseph parecía cansado y un punto distante. Le expresó su satisfacción por la retirada de las denuncias. Con Norris encarcelado, el capitán Mario Hernández había pasado a ocupar provisionalmente el puesto de comisario. Erin sabía que el comisario interino apreciaba a Joseph mucho más que su predecesor.

—Parece que habrá unos cuantos ascensos —le comentó Joseph—. Si quieres saber mi opinión, Rick se merece una medalla.

—Y tú también —Erin tenía ganas de hablar de asuntos más personales, pero no por teléfono—. Espero verte en el funeral de mamá, el viernes.

—Por supuesto.

Continuaron hablando durante un rato con nostálgica formalidad. Erin intentó decirse que aquella situación no duraría, que era temporal. Pero, se recordó, su recién descubierto poder y su inmensa riqueza no eran temporales. Para ella, eso no había significado una diferencia fundamental. Esperaba que tampoco lo fuera para Joseph.

El jueves por la tarde, Joseph apoyó la pierna herida sobre la mesa del café, colocó a un lado del sofá su bastón de aluminio y encendió el televisor. Durante toda la semana anterior había evitado ver los informativos, pero al día siguiente sería el funeral de Alice y tendría que saludar a todo el mundo. Le convenía enterarse de lo que todo el mundo sabría por las noticias.

Suzanne salió de la cocina con un cuenco de palomitas recién hechas.

—No puedo creer que estés viendo esto.

—Simplemente me estoy preparando para lo que vendrá.

—Yo intenté hacer lo mismo hace mucho tiempo, pero no me sirvió de nada —su madre se sentó a su lado—. Al menos la memoria de tu padre ha quedado rehabilitada. Espero que, esté donde esté, se haya dado cuenta de ello.

—Yo no tengo ninguna duda —le lanzó una mirada cargada de cariño.

En la pantalla estaba hablando el locutor:

—¿Quién habría creído que una actriz fracasada podría manipular a un candidato a congresista, a un comisario de policía y al director de una gran corporación financiera, dejando al mismo tiempo un rastro de cadáveres a su espalda? Quédense con nosotros mientras les relatamos los increíbles sucesos que se han desarrollado en la tranquila población de Sundown Valley.

Joseph bajó el volumen durante la pausa publicitaria.

—A Marie no le habrían gustado nada que la llamaran «fracasada» —comentó Suzanne—. Y no es que me importe, después de todo lo que ha hecho.

Joseph tomó un puñado de palomitas. Le habría gustado que Erin estuviera allí con ellos. Desde que llegó a casa, había estado esperando a que apareciera, como si fuera a verla salir de una habitación de un momento a otro. De repente la vio en la pantalla, en una rueda de prensa, vestida con un elegante traje. Se apresuró a subir de nuevo el volumen.

—Seguimos sin saber la cifra exacta a la que asciende la estafa, pero es posible que supere el millón de dólares. Siguiente pregunta, por favor...

La mujer que menos de dos semanas atrás había buscado refugio desesperadamente en su cabaña, se estaba enfrentado a un ejército de micrófonos con una apabullante seguridad en sí misma.

—Yo siempre supe que tenía esa fuerza —comentó Suzanne.

—Es hija de su padre —«y capaz de caminar sobre sus dos pies», añadió Joseph para sus adentros. Sin ayuda. Ahora era como si formara parte de un mundo diferente.

—En ciertos aspectos, sí. Pero eso no quiere decir que no te necesite.

—Ya lo sé.

—¿Lo sabes?

—¡Mamá!

—Perdona. Eres consciente de que no me gusta entrometerme en tu vida privada.

En la pantalla apareció una vieja fotografía de Brandy Schorr. El locutor describió los últimos intentos del ama de llaves por superar su adicción a las drogas y lo agradecida que se había sentido hacia Marie cuando le consiguió el empleo.

—La señora Schorr y Lance Bolding, que actualmente están colaborando con la justicia, han aportado hasta ahora una valiosa información —prosiguió el locutor—. El ama de llaves admite que reconoció en seguida a Marie Flanders, pero mantiene que ignoraba completamente lo que le había sucedido a la verdadera señora Bolding. Añade que no tardó en temer ella misma por su propia seguridad...

A continuación apareció una imagen de Lance vestido de esmoquin.

—Bolding, un antiguo productor de películas de vídeo, sostiene que estaba arruinado cuando Marie le presentó su plan. La actriz, con la que había trabajado anteriormente, le sugirió que sedujera a su hermana viuda y se casara con ella. Sin embargo, él insiste en que jamás tuvo intención de cometer asesinato alguno.

—No me lo creo —comentó Suzanne.

—Es difícil de saber —sólo ahora se daba cuenta Joseph de que cuando había creído que Lance estaba amenazando a Marie, en realidad lo que había estado haciendo era frenarla—. Al parecer Bolding no sospechaba la profundidad del resentimiento de Marie ni el alcance de su avaricia.

En las secuencias siguientes, en las que aparecían las salas del centro médico que habían financiado, el locutor se explayaba sobre el papel destacado que habían jugado Alice y su difunto marido en la comunidad. Mientras tanto, Joseph recordó lo que sabía sobre la muerte de Alice en el lago. La coartada de Lance sobre que había salido de compras estaba confirmada: dos testigos lo habían visto en el centro comercial aquella tarde.

—Parece que Marie se las arregló para entrevistarse con su hermana, la drogó, se la llevó en la lancha y la arrojó por la borda.

—Qué sangre fría... —comentó Suzanne, estremecida.

—Marie Flanders escenificó la mejor actuación de su vida al suplantar la identidad de su hermana —continuó el locutor—. La mayoría de la gente creyó que se había tratado de un simple accidente en el lago. El único que se negó a creerlo así fue el inspector Joseph Lowery.

—Saltémonos esta parte —bajó el volumen de nuevo y desvió la mirada de la imagen en la que aparecía en el hospital, en silla de ruedas.

—Pues a mí me gusta —se burló su madre.

—Estoy seguro de que lo repetirán todas las veces que quieras.

En el silencio que siguió, oyeron llegar un coche.

—Será mejor que no sea un periodista —Suzanne se acercó a la ventana, dispuesta a proteger la intimidad de su hijo—. Es Rick. Bien. Lástima que tenga que marcharme al centro de apoyo escolar. Espero que no te importe.

—Claro que no —Joseph bajó la pierna y se dispuso a levantarse con la intención de acompañarla hasta la puerta, pero ella se lo impidió.

—Te veré mañana en el funeral. Me pasaré a recogerte.

—No te molestes, me las arreglaré.

—No te fuerces demasiado.

—¡Hablas como una madre!

—Puedes jurarlo —abrió la puerta, saludó a Rick y los dejó solos.

—Mmmm, palomitas... —se instaló en el sofá—. Lo estás pasando muy mal, ¿eh?

—Estoy encerrado aquí como si fuera un animal salvaje —en realidad sólo estaba bromeando a medias.

—¿Qué estás viendo? —señaló el televisor.

—Lo que todo el mundo, al parecer.

En la imagen, el locutor proseguía su relato. Marie había convencido a Stanley Rogers para que asesinara a su sobrina con la intención de encubrir la estafa.

—Afortunadamente para la señorita Marshall, una antigua amistad la unía con el señor Lowery. La reavivada relación entre la heredera y el policía cuyo padre había sido injustamente condenado le salvó la vida.

Siguió otra pausa publicitaria. Rick tomó un puñado de palomitas.

—Menos mal que no han descubierto mi relación con Tina. Imagina el escándalo que se habría montado.

—¿Qué tal está?

—Enferma con todo este asunto. Pero creo que me va a dar una oportunidad. De hecho, me ha dicho que espera que yo le dé a ella una oportunidad... como si fuera lo suficientemente estúpido para dejarla escapar.

—¿Y Gene?

—Recuperándose. Tan pronto como esté del todo bien, según Tina, se declarará voluntariamente culpable como cómplice de asesinato e incluso testificará contra su padre.

—¿Pusieron a Norris en libertad condicional?

—Por la primera acusación, sí. Pero luego los informes balísticos del caso Wilde demostraron que los proyectiles procedían de su arma. Ha vuelto a la cárcel y sigue tan testarudo como siempre.

—¿Qué hay de la bala que impactó en mi coche?

—El rifle de caza de Stanley Rogers.

—Marie prácticamente reclutó un ejército.

—Es una pena que no dedicara ese talento a un uso más constructivo. Como por ejemplo hacer películas de terror.

—¿A eso lo llamas constructivo?

—Me gustan las películas de terror.

Siguieron viendo el reportaje de televisión,

que describía la muerte de Binh Nguyen, el papel de Gene en el atraco y el papel de su padre a la hora de culpar injustamente del mismo a Lewis Lowery. Durante la siguiente pausa publicitaria, Rick se disculpó para marcharse.

—Lo siento, pero algunos tenemos que trabajar mañana. El comisario Hernández se encargará de la seguridad durante el funeral.

—¿Qué pasará cuando vuelva al cuerpo?

—A qué te refieres.

—Desobedecí órdenes de un superior. Desacaté su autoridad. Puede que Norris no sea un tipo muy apreciado por los compañeros, pero los rebeldes no son bien vistos en el cuerpo.

—La verdad es que nos has salvado a todos. Imagínate la que se habría montado cuando todo este caso estallara, lo que habría sucedido tarde o temprano, y ninguno de nosotros hubiera tenido la menor idea. Tú eres el policía que jamás se rinde.

—Ya. ¿De modo que van a montar un desfile triunfal?

Rick le dio unas palmaditas en el hombro.

—Tú siempre has tenido esa actitud de «yo solo contra el mundo». Es hora de que la vayas perdiendo.

—¿Qué dices?

—Lo que has oído —por poco tiró el cuenco de palomitas cuando se levantó, pero Joseph lo sujetó a tiempo—. Perdona.

—No hay problema.

Se despidieron. En el televisor, el reportaje seguía relatando el desgraciado historial de Chet Dever. Gracias a unas huellas dactilares encontradas en su casa, la policía sospechaba ahora de Stanley como autor del asesinato. Joseph recordó que, cuando se enteró de la inminente boda de Erin, lo primero que pensó fue que era un buen partido para una mujer de su posición. Y si el hombre hubiera poseído una mayor integridad, tal vez así habría sido. Habría sabido ayudarla a dirigir la compañía, a desenvolverse en aquel mundo tan selecto...

Pero ella no había amado a Chet. Y Chet tampoco había podido amarla realmente porque no la había conocido de verdad, al menos como él. No había experimentado sus destellos de humor, su íntima resolución o la manera que tenía de permanecer fiel a un viejo amigo cuando todo el mundo le daba la espalda. Aun así, eso no cambiaba el hecho de que Joseph era un simple policía y quería continuar siéndolo. El papel de ejecutivo millonario le correspondía a ella, no a él. El problema era que seguía necesitándola. Y no sabía qué hacer al respecto.

El reportaje terminó con la foto fija de una

324

demacrada Marie.

—Aun sin la intervención de Lowery, no es muy probable que Marie hubiera podido disfrutar de su riqueza durante mucho tiempo. Irónicamente, según algunas fuentes, la antigua actriz sufría de un cáncer avanzado de hígado. Los ha informado Brent Bartell desde Sundown Valley, California.

Apagó el televisor. Más allá del círculo de luz de la lámpara, las sombras de la tarde invadían la casa. Se había sentido muy cómodo en aquella cabaña desde que la compró tres años atrás, e incluso la noche anterior la amplitud del salón y la espectacular vista le habían levantado el ánimo. En aquel momento, sin embargo, lo único que sentía era la ausencia de Erin. Sin ella, ya no le parecía un hogar.

De repente sonó el teléfono. Era Manuel Lima.

—Espero no interrumpir nada.

—En absoluto. Me alegro de que haya llamado —había pensado muchas veces en su antiguo jefe desde la última entrevista.

—Te debo una disculpa. Hace mucho tiempo que te la debo.

Joseph no tuvo que preguntarle nada. Aunque no le guardaba resentimiento alguno, el antiguo comisario era la única persona que habría podido arruinar la conspiración de Norris.

—Cuando Edgar investigó a tu padre, debí haber seguido mi intuición, pese a saber que contaba con una coartada para aquella noche. Si hubiera insistido más, habría acabado dándome cuenta de que estaba encubriendo a alguien.

—No tenía ningún motivo para desconfiar de él. Gene sólo tenía diecisiete años. Nadie podía sospechar nada.

—Un hombre siempre es responsable de esas cosas. Aunque no se hubiera tratado de su hijo, Norris pudo haber estado encubriendo a un compañero. Lo siento.

—Disculpa aceptada.

—Voy a llamar a tu madre para decirle lo mismo —Lima soltó un profundo suspiro—. Una cosa más. Probablemente no sea muy importante, pero me gustaría que lo supieras.

—¿De qué se trata? —inquirió, picado por la curiosidad.

—Cuando solicitaste tu ingreso en el cuerpo, Norris se opuso a que te contratara, como seguramente sabrás. También me insinuó que Andrew Marshall estaba en contra de que entraras. Tuve la impresión de que los dos habían estado hablando de ti en el campo de golf.

—Entiendo.

—Andrew Marshall era una personalidad

destacada de la comunidad y yo sabía que te conocía desde hacía años, así que lo llamé.

—¿Lo llamó?

—Sí. Y él me dijo que te consideraba un joven honesto que se merecía ser juzgado por sus propios méritos. Edgar me había insinuado justamente lo contrario. De hecho, ahora creo que lo inventó.

—Gracias por decírmelo. Significa mucho para mí.

—Ojalá lo hubiera hecho antes.

Después de colgar, Joseph se quedó pensativo. Varios recuerdos asaltaron su mente. Los comentarios elogiosos que el capitán de patrulleros, ahora comisario, había dedicado a su padre. La novedosa noticia de que Andrew Marshall había hablado muy bien de él a Manuel Lima. El comentario que le había soltado Rick de que ya era hora de que abandonase aquella actitud de resentimiento contra el mundo...

El rechazo que había sufrido de adolescente le había dolido tanto, que había levantado un muro entre él mismo y cualquiera que pudiera herirlo, incluida la propia Erin. Sabía que había sido injusto con ella. Quizá había sido injusto con mucha gente. Algunas veces, durante una investigación, un lento goteo de datos aparentemente insignificantes cobraba de repente sentido y componía un esquema lógico, una explicación tan perfecta que le hacía preguntarse cómo no se había dado cuenta antes. Era la sensación que estaba teniendo en aquel momento.

Once años atrás, había alejado a Erin de su lado. No tenía intención de volverlo a hacer, pero los acontecimientos estaban evolucionando con rapidez. Era mejor que se diera prisa.

Recordó algo que había estado guardando durante todo ese tiempo en un cajón sin saber por qué. Bruscamente, eso también parecía cobrar sentido. Tal vez acabara arrepintiéndose, pensó mientras buscaba su bastón, pero al día siguiente iba a correr el mayor riesgo de toda su vida. Si terminaba haciendo el ridículo, al menos podía consolarse por haberlo intentado.

CAPÍTULO 19

Los asistentes llenaban la iglesia de Sundown Valley para dar el último adiós a Alice Marshall. A Erin se le llenaron los ojos de lágrimas al escuchar la voz de la soprano que puso broche final a la ceremonia. El sol, derramándose por los altos ventanales, bañaba las coronas de flores y el lustroso ataúd. A su derecha estaba sentada Suzanne, con Joseph al lado. Habían decidido no acercarse demasiado para no atraer una indeseada publicidad, pero en aquel momento habría dado cualquier cosa por que le hubiera tomado la mano. A su izquierda se hallaba el matrimonio Van Fleet.

El día anterior, una conversación con el sacerdote la había ayudado a superar su sentimiento de culpa por haber vuelto tan pronto al trabajo después de la muerte de su padre. En realidad no había abandonado a Alice. Su madre había sido una mujer fuerte, capaz de tomar sus propias decisiones. Y nadie había podido prever que la antigua rivalidad con su hermana daría un giro semejante. El sacerdote le había asegurado que sus padres habrían querido que se liberara de las cadenas del pasado para concentrarse en el futuro. Y eso era lo que pretendía hacer. Sólo le faltaba saber cómo.

Finalizada la ceremonia, descubrió consternada que una interminable fila de asistentes se había formado para darle el pésame. El caso era que había perdido toda posibilidad de quedarse a solas con Joseph. De pie en la pradera que se extendía delante de la iglesia, siguió sus movimientos por el rabillo del ojo. Impresionante con su elegante traje oscuro, caminaba con la ayuda de un bastón. Muchos se acercaban para felicitarlo con un apretón de manos o cariñosas palmaditas en el hombro.

Le habría encantado salir disparada, agarrarlo del brazo y desaparecer con él. Algo irrealizable, por supuesto. No necesitaba los consejos de su asesor de relaciones públicas, ni la atención que le dedicaban las cámaras de televisión instaladas en los alrededores, para recordarle que el ojo público la estaba observando.

Al menos la multitud empezó a disolverse. Las furgonetas de informativos se marcharon rápidamente, sin duda en busca de sensaciones más fuertes. Sólo la periodista local, Lynn Rickles, se quedó para hacerle unas últimas preguntas.

Ya casi había terminado la entrevista cuando Lynn le señaló el colgante de oro que llevaba al cuello.

—Perdone la indiscreción, pero... ¿ese colgante tiene algún significado especial para usted?

—Lo tengo desde hace mucho tiempo —se llevó la mano al corazón de oro partido por la mitad que pendía sobre su blusa.

—Es un diseño curioso.

Erin sabía que no debería añadir nada más. Lo último que debía hacer una mujer en su situación era anunciar que amaba a un hombre que no parecía corresponder a sus sentimientos. Pero si no asumía ese riesgo, Joseph podría terminar alejándose de ella, literal y físicamente. Esperando que todavía estuviera lo suficientemente cerca para escucharla, contestó:

—Alguien me lo regaló hace mucho tiempo. Alguien que sigue teniendo la mitad de mi corazón en sus manos.

Un movimiento cerca de su codo la sobresaltó. Joseph apareció a su lado. La brisa agitaba su pelo castaño dorado mientras se sacaba algo brillante de la camisa. La otra mitad del corazón de oro.

—Erin cree que yo perdí esto hace mucho tiempo —le dijo a la periodista—. Pero lo cierto es que... que yo también la amo —en lugar de rehuir la cámara, deslizó un brazo por la cintura de Erin y la atrajo hacia sí.

La vieja campana de la iglesia empezó a repicar alegremente. Su alegre tañido resonó en todo el valle.

—¿Qué pasa? —inquirió Lynn. Normalmente ese toque de campana estaba reservado para bodas y bautizos.

Erin experimentó una sensación de euforia, y de repente comprendió. Era Alice, tocando la campana como le habría gustado hacer en vida. Estuviera donde estuviera, ahora sabía que su hija era feliz.

Joseph se la llevó al rosal que su padre había plantado en su antiguo hogar. Poco antes había solicitado permiso a los Van Fleet para visitar la propiedad.

—No se me ocurrió un lugar más bonito donde poder hablar.

—Y lleno de recuerdos maravillosos —comentó Erin mientras aspiraba la fragancia de las rosas.

Se sentaron en un banco. Desde la ladera se dominaba todo Sundown Valley. La presencia de Joseph a su lado se le antojaba lo más natural del mundo. Ansiaba atesorar aquel momento para siempre, sin preocuparse de lo que vendría después.

—Pensé que debía explicarte lo que le dije a la periodista. No lo había planeado así. Surgió... al calor del momento.

Erin se inquietó. ¿Acaso iba a retractarse de su impetuosa declaración?

—Todos hacemos a veces cosas sin pensar.

—Te pido disculpas.

—No hay necesidad...

—No fue el comentario más adecuado después del funeral de tu madre.

—La culpa fue mía. Fui yo quien le conté lo del colgante.

Joseph desvió la mirada hacia el valle.

—Sabes que estoy comprometido hasta el fondo con mi trabajo como policía. Y los policías no encajan muy bien en un club de campo.

—No tienes que explicarme nada —parpadeando parta contener las lágrimas, apoyó la cabeza en su hombro. Ansiaba decirle que deberían disfrutar de aquel tiempo juntos porque era demasiado valioso para malgastarlo. Nada en el mundo significaba tanto para ella.

Pero tampoco podía obligarlo a que renunciara a su mundo. No podía forzarlo a que la amara lo suficiente para asumir ese riesgo.

—Espero que mi clase de trabajo no te moleste. Tendré que seguir siendo quien soy.

—Yo nunca te he pedido que cambiaras —repuso ella con un nudo en la garganta.

—Por supuesto, eso no quiere decir que tengamos que vivir en mi casa. Es demasiado pequeña —al ver que no respondía, añadió—: Soy consciente de que tendré que adaptarme. Tú tienes tu trabajo y yo tengo el mío, pero lo que cada uno aportaría al matrimonio sería igual, porque el dinero no está por encima del coraje y la honestidad. Y no digamos el amor.

—¿Matrimonio, has dicho? —apenas podía dar crédito a sus oídos.

Durante lo que le pareció una eternidad, Joseph no respondió.

—Creo que me he saltado algo —dijo al fin.

—¿El qué? —estaba a punto de llorar, pero esa vez no era de tristeza.

—La proposición.

El corazón se le inflamó de gozo. No había querido echarse atrás. Todo lo contrario.

—Te amo —le confesó.

—Se suponía que eso tenía que decirlo yo primero —le acarició tiernamente una mejilla—. Así que lo diré ahora. Te amo, Erin. Siempre te he amado, incluso cuando era demasiado cabezota para admitirlo. Me gustaría hincar una rodilla en tierra, pero no estoy seguro de que pudiera volver a levantarme con el bastón.

—Así está bien —recordando que estaban sentados a plena vista del pueblo, añadió—: No te olvides de que algún paparazzi puede estar enfocándonos con su teleobjetivo.

—Es un pensamiento sobrecogedor.

—No quiero que nuestros hijos se avergüencen de nosotros cuando lean un periódico antiguo.

—Antes de tener niños, creo que deberíamos pasar por el altar. Espera, déjame hacerlo bien... —se puso muy serio—. Erin Marshall, ¿quieres casarte conmigo?

—Claro que sí —apenas podía respirar.

A la luz de la tarde, los ojos azules de Joseph brillaban como gemas.

—¿Sabes una cosa? Creo que, después de todo, deberíamos posar para una fotografía.

—¿Hay alguien por...? —giró la cabeza para mirar a su alrededor cuando Joseph la tomó de la barbilla y la besó en los labios.

De repente ya no le importó que todo el mundo la estuviera fotografiando. Sintió un cosquilleo en el cuello: tenía que ser el colgante. Las mitades del mismo corazón habían vuelto a unirse.

En aquel preciso instante, comprendió que las cicatrices del pasado estaban empezando a curar. Joseph y ella habían regresado por fin al hogar: cada uno a los brazos del otro.

ACERCA DE LA AUTORA

Hija de un médico y de una pintora, Jacqueline Diamond afirma haberse sentido ella misma atraída por la obstetricia por culpa de las numerosas complicaciones que llegó a tener durante sus diversos embarazos. Pero lo cierto es que Jacqueline se ha dedicado a escribir y es autora de más de sesenta novelas. Vive en el sur de California con su marido y sus dos hijos.